骨のうたう

小林 察

〝芸術の子〟竹内浩三

藤原書店

骨のうたう　目次

骨のうたう

〝芸術の子〟竹内浩三

われわれはどこから来たのか
われわれは何者なのか
われわれはどこへ行くのか

ポール・ゴーガン

骨のうたう

戦死やあわれ
兵隊の死ぬるや　あわれ
遠い他国で　ひょんと死ぬるや
だまって　だれもいないところで
ひょんと死ぬるや
ふるさとの風や
こいびとの眼や
ひょんと消ゆるや
国のため
大君のため
死んでしまうや
その心や

白い箱にて　故国をながめる
音もなく　なんにもなく
帰っては　きましたけれど
故国の人のよそよそしさや
自分の事務や女のみだしなみが大切で
骨は骨　骨を愛する人もなし
骨は骨として　勲章をもらい
高く崇められ　ほまれは高し
なれど　骨はききたかった
絶大な愛情のひびきをききたかった
がらがらどんどんと事務と常識が流れ
故国は発展にいそがしかった
女は　化粧にいそがしかった

ああ　戦死やあわれ
兵隊の死ぬるや　あわれ

こらえきれないさびしさや
国のため
大君のため
死んでしまうや
その心や

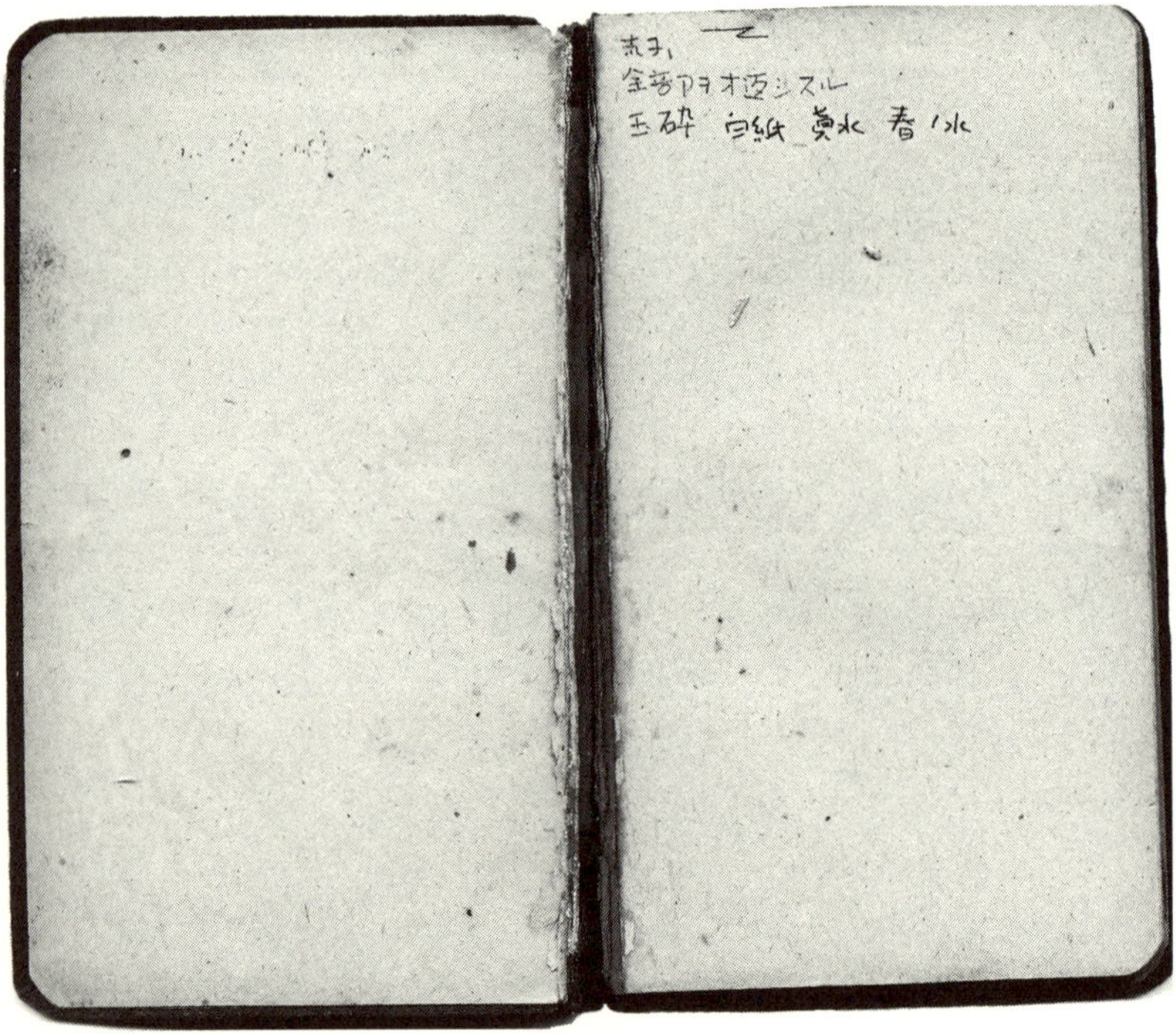
玉砕 白紙 黄水 春ノ水

序章　竹内浩三とはどんな詩人か

三重県久居町の中部三十八部隊に入営の頃

一　竹内浩三と「ことば」

人は、彼のことを神童とよんだ。

小学校の先生のとけない算術の問題を、一年生の彼が即座にといてのけた。先生は自分が白痴になりたくなかったので、彼を神童と言うことにした。

散文詩による自叙伝「愚の旗」の冒頭を、竹内浩三はこう書き起こしている。しかし、彼は、けっして秀才タイプではなかった。むしろ、算術のノートまでたちまちマンガで埋まっていくというふうであった。そのマンガは中学に入るころから手造りの雑誌となって友だちの間で回覧された。そして、しばしば教師によって没収され、謹慎を言いわたされた。軍国主義の世相を風刺する所が目立ったからだ。けれども、竹内は、それがなぜ教師や親の気に障るのか飲み込めず、マンガと詩と音楽への愛着はますますつのるばかりで、その強靭な直観力は、映画製作の道へと彼を導いていった。しかし、

彼の国が、戦争をはじめたので、彼も兵隊になった。

彼の愛国心は、決して人後におちるものではなかった。

彼は、非愛国者を人一倍にくんだ。
自分が兵隊になってから、なおさらにくんだ。
彼は、実は、国よりも、愛国と言うことばを愛した。

昭和十七年六月、竹内浩三は宇治山田中学時代の在京同級生を誘って『伊勢文学』という同人誌を発行した。その秋に予定された入隊を前に、自らの生（いのち）の証（あか）しを書き遺そうとしたのだ。毎月、詩と小説をガリ版に切った。

街はいくさがたりであふれ
どこへいっても征（ゆ）くはなし　か（勝）ったはなし
三ヶ月もたてばぼくも征くのだけれど
だけど　こうしてぼんやりしている
ぼくがいくさに征ったなら
一体ぼくはなにするだろう（…）
なんにもできず
蝶をとったり　子供とあそんだり
うっかりしていて戦死するかしら

中学時代の教練不合格の成績は、軍隊に入ってからもつきまとい、日大芸術科を卒業しながら一兵卒として終始した。しかも、滑空機による挺進部隊という特殊部隊に編入され、筑波山麓の飛行場で奇襲作戦の訓練をつづけた。

昭和十九年一月一日から七月二十七日まで、竹内一等兵は、濃緑色の二冊の手帖に、一日も欠かすことなく、日記を書きとめた。絶えまない空腹と狂気のような軍律の中で、彼の想像力と観察眼は、その肉体と精神の限界ぎりぎりまで己れの生存の跡を記録しようとした。あるときは月明かりの下で、あるときは便所の中で書いた。

戦争ガアル。ソノ文学ガアル。ソレハロマンデ、戦争デハナイ。感動シ、アコガレサエスル。アリノママ写スト云ウニュース映画デモ、美シイ。トコロガ戦争ハウツクシクナイ。地獄デアル。地獄モ絵ニカクトウツクシイ。カイテイル本人モ、ウツクシイト思ッテイル。

（四月十四日）

同時に、竹内は唯一人の肉親である姉にせっせと手紙を書く。その手紙の中には、詩がちりばめられ、醜悪な現実を断ち切るように空想譚が語られる。そして、わずか二十三年の短い生涯ではあったが、いかなる外的圧迫にも屈しなかった彼の健康な精神は、フィリピンの戦場に斬り込み隊員として投入される前に、最後の悲痛な叫びを書きとめる。

ぼくのねがいは
戦争へ行くこと
ぼくのねがいは
戦争をかくこと
戦争をえがくこと
ぼくが見て、ぼくの手で
戦争をかきたい
そのためなら、銃身の重みが、ケイ骨をくだくまで歩みもしようし、死ぬることすら
さえ、いといはせぬ。
一片の紙とエンピツをあたえ（よ。）
ぼくは、ぼくの手で、
戦争を、ぼくの戦争がかきたい。
（六月八日）

そして、「筑波日記（一）」の裏の見返しに小さく「赤子（セキシ）／全部ヲオ返シスル／玉砕　白紙　真水　春ノ水」と記入した。竹内浩三——それは一個の純朴で、天真爛漫な魂であっ

たはずだ。その魂は、いかなるトラウマ（精神的外傷）を受けても変節しなかった。彼は、一兵卒として戦死した。しかし、最後まで、銃ではなく「ことば」によって己れを守った。

二　青春とことばの出会い

竹内浩三の二十三歳の生涯に、天性の表現意欲が激しく燃えあがった時期が三度ある。最初は、中学三、四年にかけてのマンガ回覧雑誌七冊の制作である。これは、名古屋放送局の募集した漫画に一等入選した（ある友人の思い出による）という小さな火種があったかもしれないが、いわば自然発火であった。友達を巻きこみ、父や教師と対立し、一年間の発行停止にもへこたれず、柔道の先生の家に身柄あずかりとなってようやく筆を折った。

シナリオライター志望で、今日の日大芸術学部映画科に入ったものの、太平洋戦争の勃発と拡大で繰り上げ卒業を余儀なくされ、兵役に服することが決定的となったとき、彼は再び筆をとりガリ版を切って、半年間に四冊の『伊勢文学』の制作に没頭した。身をけずる思いで自己の生存の証しを残そうとしたのである。入隊後も、友人たちによって引き継がれた雑誌に生命の火が途絶えぬようせっせと原稿を送りつづけている。

そして、最後に、空挺部隊の猛訓練の中で小さな手帳に「筑波日記」を刻みこむように書きつづけては、その二冊をひそかに郷里に送り届け、地獄の断末魔をあげるフィリピンの戦場へと身を投じて行った。

竹内浩三のあまりにも短い生涯は、終始、死と直面していた。しかも、青春期のそれは、国家の行なう戦争によって、好むと好まざるとにかかわらず強制された死であった。しかし、おそらく戦場の竹内は、己れの生命の絶えるその瞬間まで、その死を容認しなかったであろう。むしろ、彼が「悪の豪華版」と呼んだ戦争そのものこそが、彼の敵であった。その戦いは、己れの置かれた全状況に対する孤独な戦いであり、その戦いのためにかけがえのない一つだけの生命を一時もひるむことなく燃えつづけさせた。「一片の紙とエンピツをあたえよ」と書きとめて異国の戦場へ発った竹内は、まだその戦いの継続を宣言しているのだし、「ぼくの手で、ぼくの戦争がかきたい」という一句は、むしろ彼の武者振いであるとも言えよう。

竹内浩三は、日本軍隊の一兵卒であった。彼は、たしかに戦った。しかし、けっして「大君のため、国のため」に戦ったのではない。彼は、書くために、「ことば」によって戦争という地獄の実相をとらえるために戦ったのである。そのために、生命の火を燃やしつづけたのである。

それにしても、戦後七十年を経た今日、青春は、どこへ行ってしまったのだろう。平均寿命八十歳時代とやらを迎えた日本では、二十代はまだ少年期なのだろうか。たしかに大都会の盛り場や野球場に、海や山に若者たちのエネルギーはあふれんばかりだ。それはそれでよいのだが、彼らの青春は、その場かぎりの発散におわり、商業主義の好餌となっているだけではないのか。ふたたびそのエネルギーが、戦争に向けられる怖れはないのだろうか。

生命の、青春の燃焼の場としての「ことば」は、どこへ行ってしまったのだろう。芭蕉や夏目漱石は五十歳前後で人生を全うしたが、やはり、それも人生五十年時代の昔話なのだろうか。すでに、人間の生命は、孤独に死と直面することすらなくなり、死と戦う武器としての「ことば」まで忘れ果ててしまったのだろうか。人間の死は、五二四人の一瞬の死という日航機事故や、一〇七人を殺害したＪＲ西日本の尼崎列車事故のように、大型メカによってパックされた「死」、マスコミによって巷の話題となる「死」でしかありえなくなってしまったのだろうか。

まんがの
よろづや
落書無用
八

第一章　若い詩人の肖像——その運命の軌跡

友人・山室龍人（左）と

一　マンガ少年とその時代

竹内浩三とは一体何者であるのか。実は、私も竹内浩三の作品と出会った当初は、そういう疑問にぶつかりました。空漠とした何とも一口で答の出しようのない疑問でした。私は、まず『竹内浩三全集』(新評論)、第一巻が「骨のうたう」、第二巻が「筑波日記」というタイトルの二冊を編集し、出版しました。一九八四年七月が初版となっています。出版にさいして、最初の第一巻の前書きを、その自分の空漠とした疑問から書き出しました。

『竹内浩三って、どんな詩人ですか』と、編集長の藤原良雄さんに訊かれたとき、私は返答に窮した。『たとえば、恋愛詩人とか放浪詩人とか反戦詩人とかのように一言で表現すれば』と助け舟を出されても、まったく言葉が浮かんでこない。あげくのはてに、私は『素人詩人ですね』と答えてしまった。彼は、呆れ顔になって、話題を変えた。

今もって、ぼくは竹内浩三を何詩人と呼ぶべきか分からない。『天性の詩人』とか『生まれながらの詩人』と呼んでいいなら、僕はまっ先に賛成する。(中略) 竹内浩三は、何よりもまず天真爛漫な一個の魂であった。そして、人の魂がひたすらに天真のまま生きることを求めつづけるとき、人が詩人にならざるをえないということがあるとすれば、竹内こそそのようにして詩人となった好例ではないかと思う。」

本を出すときには、いわゆるキャッチフレーズ、これは出版社がどうしても必要なもので、著者にも迫ってくるわけですが、それがなかなか決まらなかったのです。とにかく竹内浩三にどのようなレッテルを貼るか。私は、世間が適当なレッテルを貼ってくれればいいと思っているのですが、竹内が初めから何をおいても詩人になろうと志したのでないということだけは確かです。

彼がちょうど青春を迎えた時代は日中戦争から第二次世界大戦へ突入していく、いわば日本の最も不幸な時代でした。その戦争という悪条件の中で、竹内は、自分で「悪の豪華版」と呼んだ戦争の正体を見つめようとして、その圧倒的な暴力に鉛筆一本で立ち向かおうとして、まるでギリギリと戦争とせめぎあうようにして自分が自然と詩人になってしまった、そのような詩人であったと思います。

竹内の最初の詩というのが一体どういう詩であるのか。彼の遺稿の中で現存する一番古いものは「修学旅行日記」の中に書かれています。昭和十二年四月、十五歳の時に宇治山田中学の修学旅行で東京の方へ出かけました。そのときに、彼は終生死ぬまでそういう癖を持っていましたが、ポケットの中に、わら半紙をとじ合せて作った手帳をしのばせていて、箱根山のガタガタ道（今のようなすばらしい道路はありません）を踊るように走るバスの中でも、その手帳を出して、鉛筆でいろんなことを書き込んでいます。スケッチをしております。その修学旅行日記の中に、詩が一つ見られます。

東京

東京はタイクツな町だ
男も女も
笑わずに
とぎった神経で
高いカカトで
自分の目的の外は何も考えず
歩いて行く

東京は冷い町だ
レンガもアスファルトも
笑わずに
四角い顔で
冷い表情で
ほこりまみれで
よこたわっている

東京では
漫画やオペラが
い（要）るはずだと
うなずける

宇治山田中学時代の竹内浩三は、まだ詩にそれほど興味を持っていたわけでなく、とくに詩の形式で作品を書こうとはしなかったのです。初期の作品としてもう一つ、昭和十四年、中学を出て最初一年浪人をしましたが、その時に作ったであろうと思われる詩がありまます。これは伊勢市の竹内浩三の墓石の周りにびっしり彫りこまれていて、他に原稿がありません。

三ツ星さん

私のすきな三ツ星さん
私はいつも元気です
いつでも私を見て下さい
私は諸君に見られても

はずかしくない生活を
力一ぱいやりまする
私のすきなカシオペヤ
私は諸君が大すきだ
いつでも三人きっちりと
ならんですゝむ星さんよ
生きることはたのしいね
ほんとに私は生きている

きわめて素朴、単純な詩です。こういう数少ない初期の詩は、昭和十三、四年あたりに作ったものですが、戦争の影はまったく映っていないように見えます。「三ツ星さん」は本当に清らかな、明るい詩であると思います。けれども竹内浩三はそれ以前、中学三年、十六歳のときに、突然自分で雑誌を出し始めているのです。題して「まんがのよろずや」といいます。夏休み中の八月二十日付で、一部限定版の手製の雑誌を作っております。そして、続けて一週間後、八月二十七日に「まんがのよろずや　臨時増刊号」をまた作って出します。創刊号の扉にはこんなことが書いてあります。

「子供はマンガをよろこぶ。マンガをよろこばない人は子供の心を失ったあわれな人だ。

大人になってもマンガをよろこぶようでありたいものだ。」

創刊の宣言文です。このマンガ雑誌は、教室の中で回覧されて、読んだ人がその中にサインをする欄があり、そこに大勢の同級生がサインをして回し読みをしました。大変評判がよかったとみえて、「まんがのよろずや」を夏休みが終わってからも続けようと、第三号を出すのですが、その第三号になりますと、最初の二冊に比べて、いろいろな面白い文章が入ってきます。もちろん絵が書かれて、その絵の下に書いてあるのですが、「靴下」というのがあります。母と子の会話です。


『そのクツシタをはきなさい。』

『こんなのはいけないいんだよ。』

『なぜいけないの。』

『学校でこんな赤や青のは華美だからいけないって先生が言ったよ。』

『だってお父さんのお古があるんですもの。』

『でもそんなのはシツジツゴウケン（質実剛健）でないいんだそうだもの。』

『じゃ、シツジツゴウケンになるために新しく買いましょう。』

〝シツジツゴウケンに見せようと思うとムダをせなければいかんらしい〟と注が入っております。


私は、まだ小学校にも入っていない年齢でしたが、こういう文章はよくわかります。同じように、当時二見ケ浦かどこかへ当時日本海軍最大の軍艦であった「戦艦長門（ながと）」が来た時に、宇治山田中学の生徒が先生に引率されて、その軍艦を見に行ったそうです。今なら「見学」と申しますが、当時の学校では「拝艦」と言いました。

靴下。
母「そのクツシタをはきなさい。」
子「このなのはいけないんだよ」
母「なぜいけないの」
子「学校でこんな赤や青のは華美だからいけないって先生が云ったよ」
母「だってお父さんのお古があるんですもの」
子「でもそんなのはシツジツガウケンでないん
ださうだもの」
母「ギヤ・シツジツガウケンになるために新しく買いませう。」
シツジツガウケンに見せやうと思ふとムダをせなければいかんらしい。
柳川
蜂が来て引分となる辻角力　松太郎
先くしやみしてから怒る紙縒　不二男
食ひ逃げは捕かまってまだ噛んでゐる　裕侍
曲に先生矢張自慢する　銀雨

「軍艦長門を見たが、おどろきもせず、泣きもせず、感激もせず、怒りもしなかった。つまらなかっただけだ。山岡先生が「竹内、軍艦拝艦の感想を言うて見よ」と言ったが、そんな気のきいたものの持合せがないので「忘れました」でごまかして置いた。」

こういう文章があります。今日の若い人は、おそらく軍艦をみても、涙を流したり、感激したりする人はほとんどいないでしょう。この竹内と同じような目で軍艦を見るんじゃないかと思います。けれどもその当時は、こういう作文を書いたら、それこそ大変なことになりました。私自身、たった一人小学校の教員室に、日が暮れるまで残されたことがあります。まだ三年生のころです。それは、自分の将来の志望、何になりたいかということを作文させられた。私は、当時はあばら骨が全部むき出しに見えて、痩せ細った病弱の子供でした。それで軍人になりたいということはどうしても書けなかった。だから、「外交官にでもなって、お国のために尽したいと思います」と、我ながらうまいことを考えたものだと思って書いたのです。すると、えらいこと先生に怒られました。百人が百人「軍人になってお国のために死にたい」と書かなかったら先生御自身がおそらく面目が立たなかった、そういう時代でありました。ですから、軍人になって国家のために死ぬと書くまで、日が暮れても教員室に残されたのです。

自分の体験はそのぐらいですが、昭和十一年という年には、有名な二・二六事件、これはもちろん二月二十六日に起こっています。また、翌十二年になると、盧溝橋（ろこうきょう）事件が起こります。つまり、日中戦争が勃発します。これは、日本が宣戦布告をしないで北支へ侵略行動を開始したということです。当時の世の中は、例えば、流行歌までがどんどん軍歌調になっていった。「愛国行進曲」というのが一番流行したのが十二年だそうです。その背後には内閣情報局の力があったというふうにききます。ともかく、十二年になると、東大では「矢内原（やないばら）事件」が起こり、京都では「河合栄治郎（かわいえいじろう）事件」があり、つまり、自由主義の学者達が学園から追放され、その著作が発禁処分にあうという、そういう時代に入っていくのです。ですから、そういう時代には、今の子供達が、中学生が、高校生がごく当り前の目でみつめて正直に書けるようなことが書けなかった。そこへ、こういうマンガ雑誌を回覧して、竹内は何の気なしに、平気で軍艦長門の「拝艦の記」のようなことを書いた。

　私の調べたところでは、おそらくこの文章あたりが原因で、宇治山田中学校の教員室で問題になって、そして先生とお父さんからひどく叱責されたらしいのです。その時の処分は、一年間マンガ雑誌をやめるということであった。もちろん、それきり出さないであろうと大人たちは見たのだろうと思います。ところがその一年後に改題をして、今後は「ぱんち」というモダンな名前で「ぱんち　おうたむ号」「ぱんち　ういんた号」「ぱんち　にういや号」と出していくのです。その復刊第一号の「ぱんち　おうたむ号」の扉には「お互の存在は、周囲を明るくするものでありたい」という宣言文を放っております。そしてマンガ募集、川柳の募集、落書きの募集と、同級生の中で回覧されながら、かなりの数の

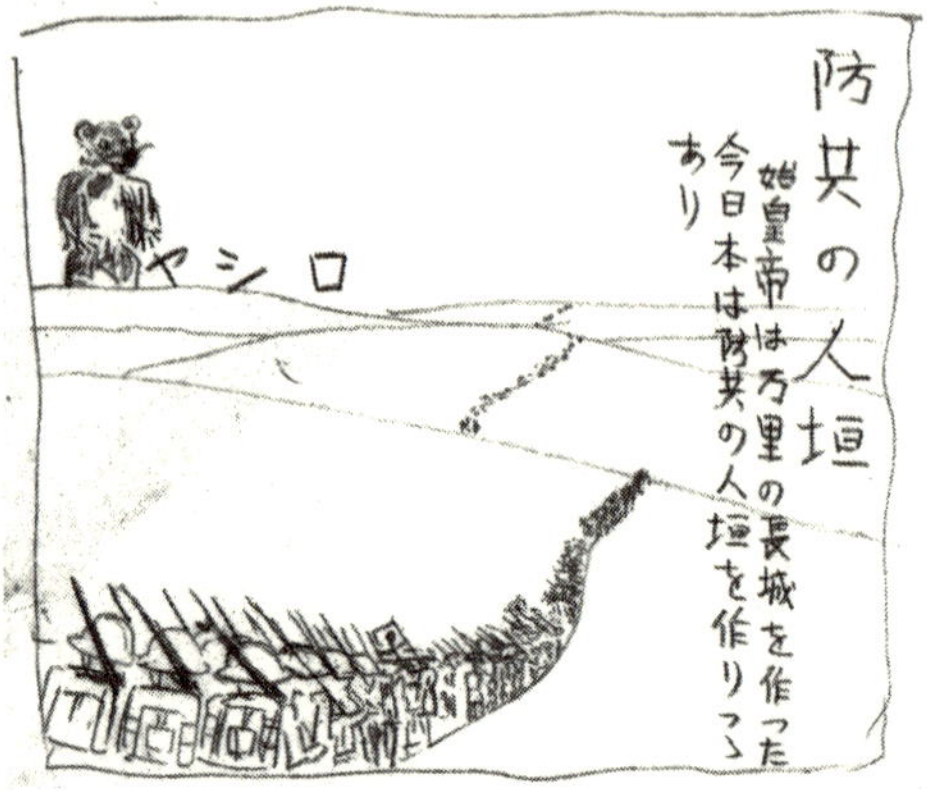
防共の人垣
始皇帝は万里の長城を作った
今日本は防共の人垣を作りつゝあり
ヤシロ

人がそれに参加していきます。今日でいえば、「集団非行化現象」ということが起こるわけです。その中でも竹内浩三の物の見方はまったく変わりません。

たとえば軍隊が延々と行軍をしていく風景のカットがあります。その復刊号に載った作品です。そして、その下の方には「(秦の)始皇帝は万里の長城を作った。今日本は防共の人垣を作りつゝあり」と書いております。これはおそらく竹内のマンガ作品の中で最も政治性の強いものであろうかと思います。が、その筆者を、目次によりますと面白いことに女性の名前にしております。当時の中学校ですから女性がいるわけはないのですが「桜井和子」という名前にしております。これは、僕もどう考えてもわからなかった。女学校の生徒にも回覧したのかと思って、いろんな人に尋ねたのですが、わからなかった。ある日、ハッと解けた。さかさまに読んでみますと「コズカイラクサ」と読むのです。これは竹内さんの匿名にちがいない。

さらに、「ういんた号」ですが、「四面軍歌」をもじって「四面楚歌」という、もう部屋の中や町のあちらこちらから軍歌ばかり聞こえてくる、そこで、ふとんにもぐり、押し入れに隠れするけれどもまだ聞こえてくる――そういう、音楽好きの竹内が、ベートーヴェ

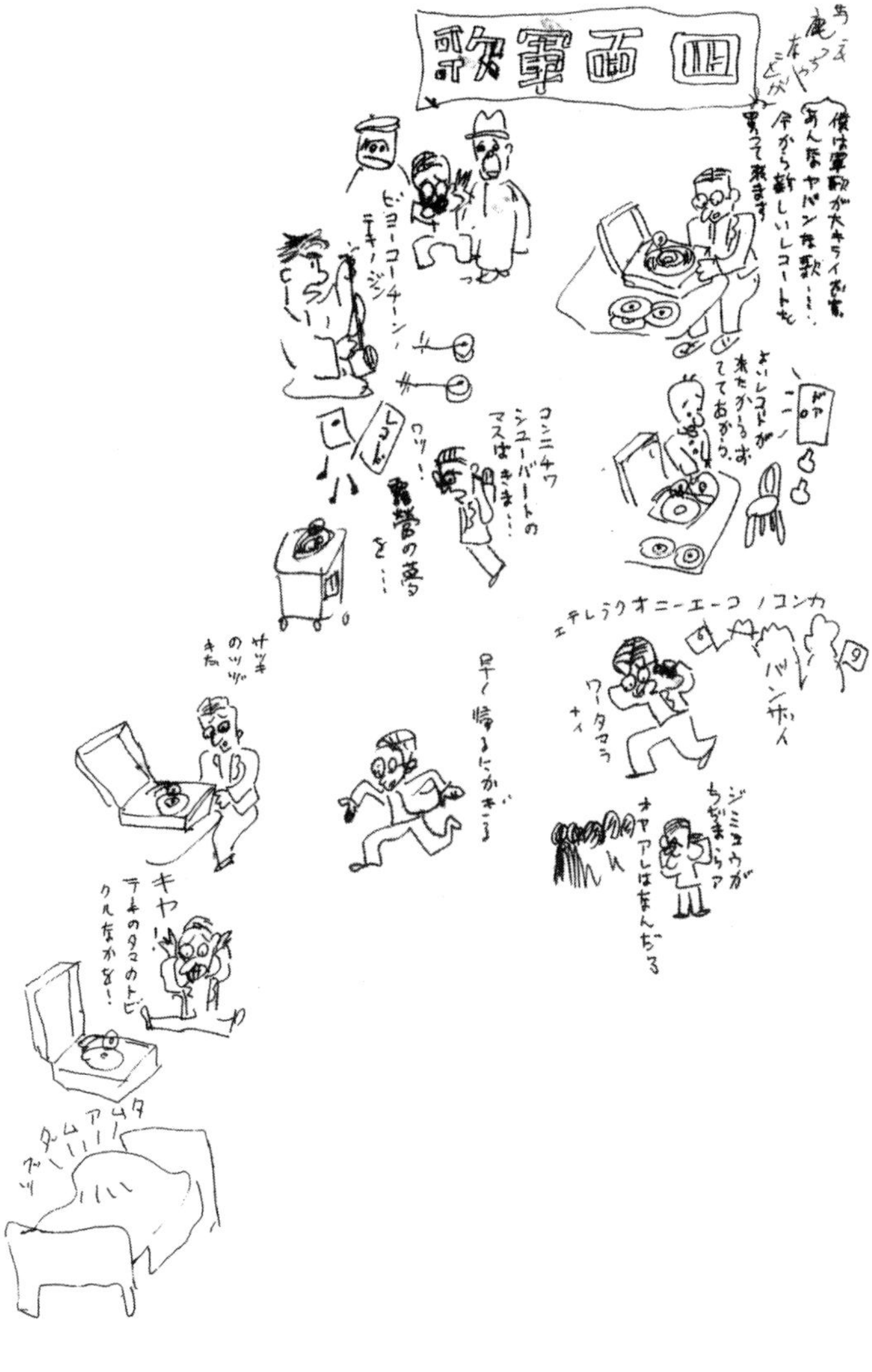

ンもモーツァルトも聞けないで、軍歌ばかりに責められているマンガが描いてあります。

こういうふうに、依然として、当時の先生方から見れば「懲りもせず」に、風刺のきいたマンガを描き続けたわけですから、もう一年の発行停止ぐらいではすみません。体操の先生の所へ身柄預かりになってしまいます。中学五年(最終学年)のほぼ一年間を、佐藤先生という柔道師範の方のお宅に預けられます。柔道の先生の所へ預けられては、マンガは出すどころか、描くわけにもいかなかったように思います。

ともかく、竹内浩三という素朴で純真な一人の少年が、最初に自分の表現意欲を噴出させたのが、実は詩でなくマンガだったのです。そして、そのマンガの特徴というのが、一人で面白がって書いているマンガじゃないのです。友達の参加を大歓迎していく、いわば、モノローグじゃなくて、ダイアローグになったマンガなんです。こういう竹内さんの出発点となった最初の自己表現の意欲というのは、どこから出てきたか、これも大変むづかしいことなのですが、私は、非常に幼いころの幼児期体験と深く関係していると思います。

二　時流に流されない視線

宇治山田市の吹上町一八四番地というところで生まれましたが、竹内さんのお宅は、伊勢でも指折りの大きな商家です。竹内呉服店とか、丸竹洋服店とかを経営する有名な商家で、竹内さんのお父さんは、他の呉服店に勤めておられたのを養子に迎えられた方です。なぜ養子を迎えられたかというと、男の子はおられたのですが、秀才で、一高、東大を経て現在の鹿児島大学の先生になられた方でした。そういうわけで、呉服屋さんのあとを継ぐためそのお姉さんの好子さんという方が養子を迎えるということになったのです。関西の大店にはよくある風習だそうです。お父さんの善兵衛さんが大北家から養子にこられたが、奥さんの好子さんの方が早くに亡くなられます。お二人の間には、正蔵さんというお子さんがおられましたが、その方も早くに結婚されて、敏之助さんというお子さんをもうけられます。お父さんの善兵衛さんは後妻を大岩さんというお宅から貰います。父親の大岩芳逸さんは、伊勢市の御成街道に、顕彰碑が建っておりますが、明治の初年に神宮の荒廃を憂いて神宮の美化に努められた志士肌の方でした。その娘さんで、早修小学校の先生をしておられた同じ音の芳子さんという方を後妻に迎えられます。その芳子さんとの間に生まれたのが、竹内浩三とお姉さんのこうさんのお二人です。

　そして、竹内浩三が小学校に入学するころに、今、申しました家族の中で、ばたばたと続けさまに三人の身近な方が亡くなられるのです。一番はじめに、浩三さんからみると、腹違いのお兄さんのお嫁さんが小学校一年生のとき亡くなられ、それから腹違いのお兄さん自身が、二年生のときに亡くなられる。そして小学校三年生のときにお母さんの芳子さんが亡くなられる。小学校に入るか入らないかのころに、こういうふうに身近な不幸が重なったということが、ある意味では、竹内浩三の人間観と申しますか、人生というものを見る目を決定的につくりあげたのではないかと思っています。

　詳しいことはともかく竹内浩三は、マンガに表現したように、人間の一生を、そして人の世を喜劇だと見る目をすでにそのころからもっていたように思います。

竹内は中学時代を終えて、当時の良家の子弟がそうであったように、あこがれの都会へ出ることになります。ところが、中学五年をおえて受験で東京へ行っている最中に今度はお父さんの善兵衛さんが亡くなられるのです。なにしろ伊勢の指折りの商家ですから、お父さんは非常に厳格なきびしい方であったようです。マンガ雑誌の発刊を一年間止めさせたのもお父さんですが、こんなマンガを書いています。

「オイ、キサマッ！」お父さんが真赤な顔をしてゲンコツをふり上げて、「シ、シッ、シ、シバラクマタレイ」。これが竹内浩三です。もう一枚はハチマキをして、ゆでだこのような顔をして、お父さんをにらみ返しています。お父さんの方が小さくなって傾いていく、このお父さんは竹内の志望であった映画の世界へいくということに、大反対であったと思います。竹内はそのお父さんの反対にあって、第一志望であった日大の専門部映画科への受験をあきらめます。当時は映画を大学で学ぶには、ここしかなかったのです。「活動写真」を大学で教えるなどというのは、当時の教育者にとって考えられないことであって、日大が唯一そうした映画科というのを三年制の専門部に設置していただけです。

竹内浩三は、亡くなられたお父さんのお葬式を済ませてから、また東京へ出てゆきます。お父さんの亡くなられたことによって、来年は日大へ入れる道が開けたという気があったかもしれません。それから一年間の浪人生活が始まります。

上京直後の詩に「金がきたら」というのがあります。私なんかの学生時代もまったくこのとおりだったのです。もう一つ同じような原型の詩があり、お姉さんあての手紙の中に書いていています。それを手入れしてこの形（六一～六二ページ参照）にしたものだと思われます。この「お金」については大変お姉さんを困らせたようで、お父さんが亡くなられたあとは、自分の血のつながりのある方がお姉さんしかいないという状況になってしまったわけですから、お父さん代わりでもあり、お母さん代わりでもあり、お姉さんがすべての役割を引き受けられたのです。そのお姉さんに対して、再三再四、無心の手紙を出していて、例えばこんな手紙があります。

映画について

むつかしいもの。この上もなくむつかしいもの。映画。こんなにむつかしいとは知らなんだ。知らなんだ。

金について

あればあるほどいい。又、なければそれでもいい。

女について

女のために死ぬ人もいる。そして、僕などその人によくやったと言いたいらしい。

酒について

四次元の空間を創造することができるのみもの。

戦争について

僕だって、戦争へ行けば忠義をつくすだろう。僕の心臓は強くないし、神経も細い方だから。

生活について

正直のところ、こいつが今一ばんこわい。でも、正体を見れば、それほどでもないような気もするが。

星について

ピカピカしてれや、それでいいのだから。うらやましい。

これが手紙なのです。そして、欄外のすみっこの方に「金たのむ」と小さい字で用件がぽっつり書いてあります。

竹内浩三は詩を書こうと思って詩を作ったのじゃないような気がする。詩でも手紙でも日記でも小説でも何でもいいのです。自分が今書きたい、今の気持ちを表現したい、そうなると目の前にあるものに書きつけるというだけのことなのです。たまたま封筒に入れてお姉さんの所に送りましたので手紙ということになるわけですが、私が見れば、この「星について」までの文章なんか、それ自体、いわばお姉さんにあてたというよりも、我々人間みんなにあてて書いた手紙のような気がします。そのままで詩として成りたつものだと思います。今の文章の中にも彼の価値観というのが非常によく表われております。今日の学生諸君には、「あればある程いい」とは言えるかもしれないけど、なかったらそれでもいい、とはあまり言えないのじゃないでしょうか。同じように、昭和十六年五月十二日、二十歳の誕生日に、彼の人間観をみごとに歌った詩「五月のように」を書いております。

五月のように

なんのために
ともかく　生きている
ともかく

どう生きるべきか
それは　どえらい問題だ
それを一生考え　考えぬいてもはじまらん
考えれば　考えるほど理屈が多くなりこまる

こまる前に　次のことばを知ると得(とく)だ
歓喜して生きよ　ヴィヴェ・ジョアイユウ
理屈を言う前に　ヴィヴェ・ジョアイユウ
信ずることは　めでたい
真を知りたければ信ぜよ
そこに真はいつでもある

弱い人よ
ボクも人一倍弱い
信を忘れ
そしてかなしくなる

信を忘れると
自分が空中にうき上って
きわめてかなしい
信じよう
わけなしに信じよう
わるいことをすると
自分が一番かなしくなる
だから
誰でもいいことをしたがっている
でも　弱いので
ああ　弱いので
ついつい　わるいことをしてしまう
すると　たまらない
まったくたまらない

自分がかわいそうになって
えんえんと泣いてみるが

それもうそのような気がして
あゝ　神さん
ひとを信じよう
ひとを愛しよう
そしていいことをうんとしよう

青空のように
五月のように
みんなが
みんなで
愉快に生きよう

この詩はまさに竹内の「歓喜の歌」であるかと思います。だが、竹内が自分の誕生日をこんな気持ちで祝えたのは、この年しかなかったのです。

ちょうどこの詩を書いたころ、ワシントンで行なわれていた日米交渉は、全く破局的な様相を呈していました。この年の十二月八日にはいわゆる大東亜戦争＝第二次世界大戦へ日本は突入してしまいます。すでに十月、東條英機（とうじょうひでき）内閣の成立と同時に、文科系学生は繰り上げ卒業して銃を持つということが決定しております。さしあたって昭和十七年卒業の学生は、三か月繰り上げ、昭和十八年卒業予定者は六か月早く学校を卒業して軍服に着替えるということが決定をしております。ですから、翌年四月には徴兵検査を三重県久居町の部隊の兵舎で受けて、秋十月一日付でそこに入隊するということはもう動かしがたい事実として、竹内の身にふりかかってきたのです。

竹内浩三は、そうした世の中の急激な変動に対して、マンガ雑誌を出したのと同じように、昭和十七年六月一日付で『伊勢文学』という雑誌を創刊します。マンガ雑誌と同じ手作りの雑誌です。これを計画したのは、かなり古くて、大学二年の時のお姉さん宛の手紙の中に、伊勢の店で使っている荷作りの包装紙を送れと書いております。その茶色い包装紙が創刊号の表紙に使われています。いわば、二年かかって創刊号が日の目を見たわけですが、やはり、すでに徴兵検査を終えて合格の通知が出て、十月一日付の久居の中部第三十八部隊入隊が決定したということが、その計画を実行に移す引き金になったと思います。

例によって猛烈な集中力で雑誌が出されます。つまり月刊になってしまいます。第三号まではそうです。跳んで、第四号は十月十七日付ということになりますが、第三号までは竹内浩三が直接ガリ版を切ります。専用の原稿用紙まで作っております。わら半紙に緑色の罫を印刷して、伊勢文学原稿用紙というものをちゃんと作りました。この一冊一冊の背中のところにひもやリボンを通し、表紙も描き、扉もカットのマンガも描いて、矢次ぎ早やに作りました。この最初の『伊勢文学』には、宇治山田中学時代の同級生で、東京の大学へ入学した中井利亮（なかいとしすけ）さん、土屋陽一（つちやよういち）さん、野村一雄（のむらかずお）さん、竹内を入れて四人が同人となっております。他にも寄稿者は何人かいます。竹内は十月一日に入隊しますが、十月十七日付の第四号は、中井さんが編集をして後記を書いております。

その後『伊勢文学』は七号までが戦時中に出され、竹内は軍隊から寄稿しております。戦後も竹内浩三追悼号という形で「第八号」を軍隊から帰られた中井さんが出され、第八号および第九号には戦争中には発表できなかった竹内の作品と「筑波日記」の抜粋が載せられております。

それではさて、竹内が『伊勢文学』創刊に当たった時の姿勢を作品から読みとりたいと思います。「雨」という詩は彼の十月入隊が決定的になったほぼその時点での孤独な気持ちを表わしていると思います。最後は「きものはぬれて／さぶいけれど／誰もかまってくれない／／ぼくは一人で／がちんがちんとあるいた／あるいた」となっております（七一〜七三ページ参照）。次に「冬に死す」という詩がありますが、これは竹内さんの自慢の詩の一つであるようです。当時、非常に難解な、象徴的な詩がはやりました。そうしたものが自分にはできない、自分の気持ちに正直な素朴なものしかできないけれど、それでいいんじゃないか、「例えばこの詩のように」として提出したのが、この「冬に死す」という詩です。これも凍え死んでいく一匹の蛾に自分を擬して当時の心境を描いたものと思われます。

冬に死す

蛾が
静かに障子の桟（さん）からおちたよ
死んだんだね

なにもしなかったぼくは
こうして
なにもせずに
死んでゆくよ
ひとりで
生殖もしなかったの
寒くってね

なんにもしたくなかったの
死んでゆくよ
ひとりで

なんにもしなかったから
ひとは　すぐぼくのことを
忘れてしまうだろう
いいの　ぼくは
死んでゆくよ
ひとりで

こごえた蛾みたいに

そして、学生服を軍服に着替え、ペンを銃に持ち替えていく姿が、「ぼくもいくさに征くのだけれど」という詩になります。私は、竹内浩三のこれらの作品や手紙や日記をくり返しくり返し見ていますと、どうしても竹内は、時流に流されない、権威にも洗脳されない非常に強い個性を持った才能であったと思われてなりません。彼のユニークさについては、いろんな人からも聞かされます。竹内の恩師の井上義夫（いのうえよしお）先生は、宇治山田中学の三年間担任をなさった数学者で、後に東京教育大学や文教大学の教授をされて、日本数学教育学会の会長でもあられた方ですが、こうおっしゃっていました。「半世紀にわたる自分の教歴の中で、竹内君のような生徒は他にはいない。神のような無邪気さであふれ、善意のかたまりのような子供だった。」戦争中のそれこそ五十年前の一生徒について、私に直接おっしゃったのですが、ありありと竹内の姿、形、行動を思い出しながら、先生はこうおっしゃったのです。また中井利亮さんは、『伊勢文学』の戦後復刊した号で、こんなふうに竹内を描いております。

「人間の美しさは、ある抵抗にむかって、火花を散らすことだと云えよう。ところが、浩三にはそうした火花を持たぬ美しさがあった。彼は生れながらにして円光をもっているような善人であり、生れながらの数少ない詩人の一人であった。呼吸をするように、詩が生れ、画ができた。そして、彼の目は、常識的などんな醜いものや、悪の中からでも、美や善や真実を見わけることができた。」

この竹内が、マンガ雑誌の中に「私ノキライナモノ」「私ノスキナモノ」という文章を書いています。人間は好きなものの中には出てこないのですが、「エヘヘと笑う男」「汽車を二等にする仁」「軍人」「ユーモアの解らない奴」「悲カンばかりしている人」「金を貯めることを趣味としている男」、こういうのが嫌いな人間だそうです。この中ですでに「軍人」をあげている。その軍人に自分がなっていったわけです。私は竹内は好き嫌いが非常にはっきりしていて、いわば、竹内の物の価値観というのは一貫しておったと思います。結論的に言いますと、彼の一番親近感の持てた人間、それは「弱い者」だと思います。あるいは

「小さい者」だと思います。そして一番嫌悪感を感じた者、これは、力の強い、権威のある者だと思います。その竹内の価値観は、最後まで変わりません。日記の中には、中隊長や大隊長というのが、こんなふうに書かれています。

「筑波日記」の中から、いくつか拾ってみます。二月五日には、

「喰ウコトダケガタノシミトハ、ナサケナイ。外出シテモ、食ベルコトダケニ専念スル。好キナコトヲ、好キナヨウニシャベレル相手ト、時間ガホシイ。

夜ハ軍歌演習。マイバンデアル。大隊長ノ作ッタ滑空部隊ノ歌ノケイコデアル。コノ歌ハナカナカ上手ニ作ッテアル。部隊歌ノ形ニオサマッテ、オモシロミハスコシモナイケレドモ、ヨク作ッテアルト思ウ。ボクニハ作レナイ。」

と書いています。当時はそれこそ、四面軍歌どころか大本営発表の「嚇々たる戦果」というニュースが喧伝され、私も軍艦マーチにのった大本営発表があると欣喜雀躍して踊り狂った覚えがあります。そういう中でこの大隊長は自慢の隊歌を作ったのでしょう。それを、やっぱり軍歌としては形に納っておるんだけれども、よく作ってあるとは思うのだけれども、自分には作れない、ときっぱりと拒絶しております。中隊長については、二月二十九日、

「ヒルカラ、演習ノ整列ショウカト思ッテイルトコロヘ、空襲ケイホウガカカッタ。ソノ動作ガオソカッタト云ウノデ、中隊長ガ火ノヨウニ怒ッタ。怒ッテイルウチニ、

マスマス腹ガ立ッテクルラシイ。ハジメト別ナコトデ怒リ出シテクル。」

こんなふうにして、中隊長を見ておりますが、非常に正確な観察でして、松竹映画の重役をしておられた当時の三島小隊長にお会いしたときの話では、この中隊長は、前に中国の戦地へ行かれ、弾丸を頭部に受けて、そのために脳神経が少し冒されていたのだそうです。怒っているうちにますます腹が立ってきて、はじめとは別のことで怒り出して来る。――見事な正確な観察だと思います。中隊長についてはもっと書かれていて、五月二十三日「赤塚の駅前で、子供が部隊をよこぎったと云って、中隊長は刀を抜いて、子供を追っかけた。本気でやっているのである。その子供の一生のうちで、これが一番おそろしかったことになるであろうと思った。」

それに対して、同じ部隊の中で竹内が最も親近感を持っていたのは、兵隊です。自分と同年の一兵卒、その中でも谷田孫平（たにだまごへい）さんという方がおられます。この方についてこんな箇所があります。

「ホコリヲドウシテ、ヌグオウトモシナイノカ。ソノキタナイ眼鏡ノ中ニアル眼ガヨロシイ。ジツニシズカナ眼ダ。コノ眼ハウソヲ云ワナイ。ケンカモデキナイ。

ムカシ、能面師デアッタト云ウ。ソノ次ハ医者デアッタト云ウ。今ハ、百姓デ、孫平ハ農学校ヲ出タ。」

何箇所も出ております。六月十九日、

「谷田孫平がその静かな眼をいきいきとさせて云うのである。

満期したら、北海道で百姓をするんだ。牛を飼うんだ。毎朝牛乳を飲むんだ。チーズやバタやすい乳を醸(つく)るんだ。パンを焼くんだ。ジャムをつくるんだ。キャベツやトマトも植えるんだ。ひろいみどりの牧場を見ながら、サラダをたべるんだ。

谷田孫平に、敵のたまがあたらぬよう、このたのしい夢が戦死しないよう祈りたい。」

こんなふうに書いております。他に竹内が一貫して親近感を持っていたのは、素朴で、ある意味では、しいたげられた人間、特に当時は虐げられていた女性です。中学生の時からそうした記述があります。例えば、マンガの第二号目の「臨時増刊号」に、志摩へキャンプに行ったとき、そこで海女(あま)さんに鮑(あわび)を御馳走になる。その時の海女さんのことを面白く書いています。

「海女は親切である。町の人間よりずっとよい。小浜(おはま)の人間も親切であったように、海の人は親切だ。海女はタンジュンで、言葉はあらっぽく歯ぐきを出して笑う。海女は心も大きく力も強い。」

その海女は「一つ目玉の目鏡までかけているんだからまるで海獣だ」と書いてありますが、「しかし海獣はとうとい。働くのだから」と結んでおります。

三　人間のたった一つのつとめは生きること

彼の独特の物の見方は手紙の中にはよく出ていて、ひとつ面白いのがあります。「孝行」ということについて、

「自分のしていることはいいことだと思いながらの孝行なら、やらない方がいい。(…) 誰だって、やむにやまれぬ気持はもっているはずである。しかし、もしそのやむにやまれぬ気持が一向でてこなければ、それもしかたない。恥じる必要もないし、自分をいつわってウソを行わなくともいい。(…) 世の善行はみんなそうありたい。そうなると、善行悪行なんてものはなくなる。

A、寒い寒い木枯の吹く夜、わが子の急病で、医者の戸をたたく母親。

B、蚊のいっぱいいるヤブの中で、かゆいのをしんぼうして、アイビキの女をまっている男。

前者はうつくしい話で、後者は一向カンバシクない話である。が、コウゾウ君は、困ったことにＡＢとも同じことやという考えが三年半も前から頭の中にあって、いまだにその考えがかわらないとは、アキレハテタ。」

また、ある手紙では、軍隊に入って一兵卒となった自分の姿を「不幸な女中がよくそう

するように、バケツをさげて、それを見ていた」というふうに書いています。

要するに、竹内浩三は、世の中をいつも一兵卒の目で、あるいは女中の目で見ていた。もっと言えば、子供の目で見続けたと思います。彼は、中隊長が子供を追いかけて、その子供にとって、一生で一番恐い思い出になるだろうと書きました。そういうふうに、彼にとって、小さなもの、弱いもの、特に子供というのはたまらなく美しいものに見えたのです。私は、ある一枚の葉書を初めて見たときにびっくりしました。姉さんにあてた手紙ばかりかと思っていましたら、その中に、じつは姉さんの生まれたばかりの赤ん坊に宛てた葉書がまぎれ込んでいたのです。こんな文章です。生まれたばかりの赤ん坊にあててこんなふうに書いております。

「オ前ガ生レテキタノハ、メデタイコトデアッタ。オ前ガ女デアッタノデ、シカモ三人メノ女デアッタノデ、オ前ノオ母サンハ、オ前ガ生レテガッカリシタトイウ。オ前ハ、セッカク生レテキタノニ、マズオ前ニ対シテモタレタ人ノ感情ガガッカリデアッタトハ、気ノドクデアル。シカシ、オ前マデガッカリシテ、コレハ生レテコン方ガヨカッタナドト、エン世的ニナル必要モナイ。

オ前ノウマレタトキハ、オ前ノクニニトッテ、タダナラヌトキデアリ、オ前ガ育ッテユクウエニモ、ハナハダシイ不自由ガアルデアロウガ、人間ノタッタ一ツノツトメハ、生キルコトデアルカラ、ソノツトメヲハタセ。」

一枚の官製ハガキに一字の書き直しもなく、漢字まじりのカタカナで、生まれたばっかりの姉さんの子供に、こんなはげましの手紙を出しているのです。しかもこの手紙が予言的であったように、このお子さんは一年ぐらいしかこの世に生存できなかったお子さんなのです。

最後の「人間のたった一つのつとめは、生きることである」、これが竹内の人間観であり、また価値観の一番根底にあったものだという気がします。だから、「筑波日記」でも子供が、なによりも正常で、美しくて、軍隊の正反対の存在として見つめられている。

子供だけでなく、小さな動物もです。彼は演習の時に小さなねずみを、どぶねずみなのですが、ポケットに入れて、演習に行った。そして弁当の残りカスをそのねずみに食わして逃がしてやる。竹内浩三は、そういう心根の持ち主だったのです。竹内は良寛(りょうかん)さんを尊敬していました。宮沢賢治(みやざわけんじ)を誰よりも愛していました。いわば、良寛さんも賢治も生存中に世間から受け入れられた詩人ではありません。むしろ後になってから、死んでから評価されて大詩人になられた人物です。そういう意味で、竹内がこの二人以外には自分の尊敬する人物をあげていないのは当然のような気もします。

「筑波日記」が竹内のライフワークだと私は思います。あるいはライフワークの下書きのようなものかも知れません。何しろ一日に二時間しか寝ないのです。そういう日が連続する猛訓練なのです。今の筑波大学、それから科学万博のあったあのあたりに陸軍の西筑波飛行場というのがあり、木造のすきま風がスースー吹きぬける鶏小屋のような兵舎があって、その中で昭和十九年一月一日から二冊の小さな手帳に書き綴るのです。一日も欠けていません。おそらく夜綴った。その兵舎の一番はずれにトイレがあったのです。土地の老人に聞いたのですが、そのトイレの中には夜中も豆電球、暗い、丸い、竹内が「くさったリンゴみたいな電灯」と言ったのがともっていた。彼はその中へかけ込んだ。もよおしてかけ込んだこともあったでしょうが、文章を書くためにかけ込んだ。そして一日一行は必ず綴っていった。

最初の一冊の日記は「冬カラ春へ」というサブタイトルがつけられていて、四月二十八日で終わっております。一番初めに「コノ　マズシイ記録ヲ／ワガ　ヤサシキ姉ニ／オクル」。一番最後に、

「四月モ終ル。

ヤガテ緑ノ五月ガ、アア、緑ノ五月ガ、来ル。

ドウナルカワカラナイ。次ノ日記ニハ、ドンナコトガ、ドコデ書カレルカワカラナイ。

今ノキモチハ、ナントモワカラナイ、ワリキレナイ気持ダ。

五月ガ来ル。五月ガキテモ、ソレガボクニ何ノヨロコビモモタラサナイデアロウガ、デモ、五月ガ来レバト、何トナクヨイコトデモアリソウナト、アワイノゾミヲモッテ、コノ日記ヲ終ロウ。

ヨイ日ガ来テ、ヨイコトヲシテ、
ヨイ日記ヲ書ケルヨウニト。
筑波日記　冬カラ春へ　終リ。」

さらに、この手帳の扉の裏には手帳をさかさまにひっくり返して、小さな字で「赤子／全部ヲオ返シスル／玉砕　白紙　真水　春ノ水」これだけ書き込んでおります。「赤子」はセキシと読みます。当時の軍隊では軍服や鉄砲はもちろん、人間の生命も天皇から預っておるという、そういう考えでいました。その生命まで赤子は全部返すという。

そして、第二冊目、これは「みどりの季節」と題して、次の日、すなわち四月二十九日からまた書き起こしています。その日は、当時の天長節つまり天皇誕生日ですが、扉には大好きな宮沢賢治の「農民芸術概論綱要」の中から一句を引用しています。「世界がぜんたい、幸福にならないうちは、個人の幸福はありえない。宮沢賢治」。

第一冊目「冬カラ春へ」は、当時初めて出された宮沢賢治全集の一冊の本をくりぬき、その中にとじ込めて、松阪のお姉さんのところへ無事届けられたのです。第二冊目はどうして今日無事に残っているのか私もよくわかりませんが、これは十数枚白紙を残して中断されております。七月二十七日で終わっています。合計二百九日、一日も書かない日はございません。第二冊目からは、一か所だけ引用しておきます。

「サイパンがやられ、東條内閣がやめになった。一体これはどう云うわけか。「政治に拘わらず」と勅諭に云われているし、ぼくは、もともと、政治には、ぜんぜん、趣味のないおとこで、新聞などでもそんなことは、まったく読んだことがなかったから、そう云うことに口をはさむシカクはないのだけれども、東條と云う人は、あまり好きでなかった。山師のような気がしていた。そして、こんどやめたと云うことも、無責任なことのように思えてならない。」

（七月二十二日）

こういうことを誰が書けたか。こういうことを書いた手帳が、どのようにして筑波の兵舎の中から無事に持ち出されたのか。

私は、あるとき名古屋で新藤兼人（しんどうかねと）監督の「さくら隊散る」という映画を観ました。偶然ですが、あの当時、大政翼賛会の音頭取りで出来た日本移動演劇連盟という新劇の劇団の人達、これは竹内も大好きだった築地小劇場の出身者が多いのです。丸山定夫（まるやまさだお）を中心にしたその一隊である「さくら隊」が中国地方の軍隊を慰問巡回中に、八月六日に広島で被爆しました。その中に仲みどりさんという女優さんがおられます。丸山定夫は八月十六日に亡くなり、薄田研二（すすきだけんじ）の息子さんなんかも八月十九日に亡くなっております。仲みどりさんは一番長生きして八月二十四日に、それも広島ではなく、東京の東大病院で三十六歳で死亡しております。仲みどりさんは、被爆をしたそのままの姿で宇品（うじな）から列車に乗って東京へたどりついていたのです。そうして東大病院で治療を受けたわけですが、最初は何の病気かわからなかった。ひどい話ですが、斑点がいっぱい体中にできていたので若い医師たちは梅毒の疑いを持ったそうです。そして、有名な当時の放射線医学の権威であった都築正男博士の診断を受けます。この仲みどりさんが、当時新聞に大きく書き立てられた「原子爆弾症」という病気の第一号の患者と認められたのです。

実は、竹内浩三の現存する唯一のシナリオである「雨にもまけず」という作品にスタッフの名前が書いてありますが、一番最後に「記録　仲ゆり子」という名前が出ています。この仲ゆり子さんというのは、仲みどりさんの妹さんなのです。竹内さんが、どうして仲ゆり子さんを卒業制作のスタッフの一員に加えたのかはわかりません。

私はこの映画を見て、この人たち、特に仲みどりさんはいわば被爆したままの体をもって東京へ出てこられて、要するに命がけで原爆症というものの存在を一刻も早く世に知らせる、そういう役割を果たされたような気がします。竹内浩三も、牢獄のような兵舎の中で、睡眠もろくにとれずに、夜間の演習を行なっていました。夜目が見えるようにどういう薬を飲んだのかは知りません。三島小隊長はビタミン剤だと言っていましたが、本当に夜、目が見えるのかどうか、今でも当時を知る土地の人は「猫の目部隊」という名前をその一一六部隊につけています。そういう演習の中で、最後の力をふりしぼって、精神力の塊りのようになって、自分の体で軍隊の兵舎の中の模様を記録し、残したのです。そういう点で、仲みどりさんも、竹内浩三さんも、いわば記録の鬼と化した人のような気がしてなりません。

最後に、『きけわだつみのこえ』第一巻の前書きでフランス文学者の渡辺一夫さんが引用された、ジャン・タルジュという、フランスの抵抗詩人の詩をかかげておきます。

死んだ人は帰ってこない以上
生き残った人々は、何がわかればいい
死んだ人々には嘆くすべもない以上
生き残った人々は、誰のことを何を嘆いたらいい
死んだ人々は、もはや黙っていられぬ以上生き残った
人々は、沈黙を守るべきなのか

第二章　青春に忍び寄る戦争の影

『伊勢文学』創刊同人の中井利亮（中央）、野村一雄（右）と

一　東京の学生生活

金がきたら

金がきたら
ゲタを買おう
そう人のゲタばかり　かりてはいられまい

金がきたら
花ビンを買おう
部屋のソウジもして　気持よくしよう

金がきたら
ヤカンを買おう
いくらお茶があっても　水茶はこまる

金がきたら

パスを買おう
すこし高いが　買わぬわけにもいくまい

金がきたら
レコード入れを買おう
いつ踏んで　わってしまうかわからない

金がきたら
金がきたら
ボクは借金をはらわねばならない
すると　又　なにもかもなくなる
そしたら又借金をしよう
そして　本や　映画や　うどんや　スシや　バットに使おう
金は天下のまわりもんじゃ
本がふえたから　もう一つ本箱を買おうか

一九三九（昭和十四）年春、上京して二か月後、姉宛の手紙の中で「金について。あればあるほどいい。又、なければそれでもいい」と書きながら、やがて、頻々と無心の手紙が姉の許へ届くようになる。

「一体何にそんなに金を使ったのだろうかと考えて見ても、そう急には思い出せそうにもないテッテイしただらしなさ。でも、思い出しても書くのが具合の悪いような金使いをしたおぼえもなく、ともかく公明正大に金を使ってきたつもりで、不良学生などとよばれるのは心外にたえないことです。／金が要ることは要ったのです。」

この後にかなり詳細に出費の内訳が述べられている。まず学校で必要な費用をあげてから、

「タバコ（これは案外よく吸う。叱られるかもわかりませんが一日三、四箱。月にするとバットで九～十二円になる）、コオヒイ（これもなまいきなくせで、一日に一、二杯はのむ）。それにチクオンキで電気代を余計とられ（大した金ガクではないが）、内（於大河内）外（ヒルメシ代）に食費はあがるし。（…）

そして、カンジンな映画とこれに付ズイする足代。大酒をのんだことが三度ばかりあるし。一カイ見るために、平均六十銭の金が要る（足代をも含む）。たとえば、有楽座で一週間、これから先二度と見られないであろうところの古い名画を日がわりで八十銭もとって見せる。すると、一日とても見ずにはいられなくて、一週間全部見ると七円の金がとぶ。」

というふうに、東京の学生生活を報告している。それに対して、姉松島こうさんは、「お父さんがあんたの為に残された財産は、決してそんな人の云う『ケッコウな身分』の為に

残されたものではありません。十分学問して身を修める為の費用としてお残し下されたものです」と諭(さと)している。

この詩「金がきたら」は、日大入学後最初の夏休みの帰省を終えて上京した直後の手紙の中に見られ、次のような一日の報告に添えられたものである。

つまらん日記

また土屋に十円かりた。それですこしいい気になってすしを喰った。

九月二十一日。土曜日。キモノを着て学校へ行ってみようと考えて、朝学校に行きがけに質屋によって、はかまを出し、そこでそれをはいた。とてもみじかい。（中略）土曜日だから、ひるまで。日本劇場へ「祖国に告ぐ」を見に行こうか、と山室に言う。金がないと言う。今日はオレが持っとる。

いつものところで昼飯を喰う。金二十三銭の定食である。シャケとオミオツケである。

金があると、悪いくせで古本屋によることになっている。カネツネキヨスケ博士の『音楽と生活』を見つける。この人のものは読みたく思っていたので、さっそく買う。それに、古い映画評論を一冊。

二人で省線にのり、有楽町でおりる。やっぱりギンザはいい。みじかいはかまをはいたボクが、われこそはと言ったように、昂然と肩をそびやかしてあるいている。オヤジの若い時にとった写真に、はかまをはいた長髪の青年で、洋書を二三こわきにもち、昂然と写していたのを思い出し、オレも一つあのオヤジと同じポーズで写して見ようかと考えた。

日劇にはいる。ヒビヤからシンジュクまでバスにのり、シンジュクは素通りして、コーエンジにかえってくる。

ひょっとしたら、家から金がきていないかと考えて、部屋に入り、いつもさみしくなる。

しばらく本を読んでいて、町に出る。ウゾームゾーにまじって町をあるく、オレは、ウゾーかムゾーかな。光延堂にちょっと寄ってみると、竹内さん、日本文学全集と世界文学全集がきていますと言う。ああ、そうですかと、すこし困った。今、金がないから日本の方だけにして下さい。世界はアトからもらいにきます。

そして、またあるく。さぼてんというキッサ店に入ったが、今買った本が早く読みたくて、すぐにその店を出た。

帰ってみて、ふところをしらべたら、アワレ、昨夜の金はもはや一円二十五銭！すべて、こんなちょうし。あしたから二日休みがつづくのに、どこへも行かず、おとなしく本を読んでいるより、しかたあるまい。

今日の学生生活とくらべて、どうだろうか。貨幣価値は三桁ちがうかもしれないが、やっていることは同じではないか。竹内は、水を得た魚のように都会の青春をエンジョイしている。お金の計算よりその方が優先するという態度は、生涯変わらなかった。お金というものは、「あればあるほどいい。又、なければそれでもいい」というのは、彼の終生変わらぬ金銭哲学であったようだ。

二 恋して、ふられて、書いて

あきらめろと云うが

かの女を　人は　あきらめろと云うが
おんなを　人は　かの女だけでないと云うが
おれには　遠くの田螺(たにし)の鳴声まで　かの女の歌声にきこえ
遠くの汽車の汽笛まで　かの女の溜息にきこえる
それでも
かの女を　人は　あきらめろと云う

手紙

午前三時の時計をきいた。

午前四時の時計をきいた。

まっくらな天井へ向けた二つの眼をしばしばさせていた。

やがて、東があかるんできた。シイツが白々しくなってきた。

にこりともせず、ふとんを出た。タバコに火をつけて、机に向かった。手紙を書いてみたかった。出す相手もなかった。でも書いた。それは、裏切った恋人へであった。出さないのにきまっているのに、ながながと書いた。書きあげれば、破いて棄てるのだけれど、息はずませて書きつづけた。


もちろん、竹内浩三は恋をした。しかし、恋の甘さを歌った詩は一つもない。恋の苦さを書きとめた作品は数あるが、それも詩ではなく散文に多い。竹内の恋はあまりに激しすぎて抒情にならなかったと言えそうだ。

恋をするからには、失恋をした。「ふられ譚」という小説（といっても、やはり姉宛の手紙の一部）は、こう書き出されている。

「今度ふられたので、これで三度目。三度もふられたとこを見ると、三度もほれたらしい。そして、ふられるごとによく悲しむ。よくふられるかわりによくほれる。

ほれっぽい性らしい。この心理を分析して見せた友だちがいる。『愛にうえている』のだそうな。誰でもいいから愛してくれって言うのである。どうもそうらしい。だからふられると相当こたえる。泣いたりもする。でも時間がたつと、けろりと忘れるから気楽である。でも今度のは一番深刻で、まだ一向に忘れない。」

この時の相手は、サンキュウという喫茶店の女で、三度目というのは「今年（昭和十六年）になって三度目」なのである。この時もすぐにふられ、自分にこう言いきかせて諦めた。

「心配するな。オレを好きになるようなえらい（ものずきな?）女も、どっかにいるにちがいない。大抵の女には、オレが理解できないのだ。でも、オレを理解できる女もいる。きっといる。オレは、そいつを見つけるまでは結婚しない。自分を好かない女と結婚してもはじまらない。道徳や習慣によって、夫であるオレを理解することなく、又好くことなく、ただひたすら盲従されてはこまる。」

しかし、そんな女にはついに出会えなかった。けれども、浩三には生涯忘れることのできない一人の女性がいた。その女に対する感情は、次のような章句に表われる。

「女のために死ぬ人もいる。そして、僕などその人によくやったと言いたいらしい。」（三八ページ参照）「どちらかが計算をはじめたら、恋愛はおしまいである。計算ぬきで人を愛することのできない奴は、生きる資格がない。」（「鈍走記」）

女性は、伊勢のレコード屋の娘だった。浩三が彼女を愛しはじめたのは、大学二年（昭和十六年）の夏休みが終わるころだ。彼女は、山田駅まで上京する浩三を見送りに来て、セロファンに包んだ人形を手渡した。浩三の恋心はたちまち燃え上がったが、その割に彼女の方は燃えなかった。「私が出した手紙で御飯がたけるとすれば、かの女がくれた手紙で味噌汁がわかせる、と言った割合」だったという。それも一年たらずのことで、十七年五月からはぴたりと音信が絶えてしまった。そのころ、まだ比較的平静な恋慕の情を書きとめたのが詩「あきろめろと云うが」である。六月二十六日にガリ版印刷した『伊勢文学』第二号に載せた。しかし、ますます恋慕の情は高まり、「毎日かの女の手紙をまっていて、たそがれになり、もう郵便屋も来ない時期になると、私はまるで狂人のようであった」。やがてまた夏休みになった。十月に予定された入隊を前にもう一度彼女の本心を確かめようとする思いが、連日のように浩三の足をレコード屋の店先へ向けさせた。しかし、その期待は、彼女が浩三に向けた背中によって裏切られた。

店は、「毎日のように、ろくでもない男たちのたまり場となった。そのろくでもない男たちが、私の神経にさわった。以前は、この店の常連ももう少しましであった。それが今ではどうだ。かれらの食物は、蒟蒻（こんにゃく）だ。かれらの眼は、死んだ魚だ。私はいくらでもかれらを痛罵してやまぬ気持をもった。そして、なんと、かの女は、蒟蒻の間にまじってたのしんでやがる。」

思い切って、二見浦へのデートを申し込んだら、他の男と一緒に行くという答えが返ってきた。「私は一人で汽車にのりながら、かの女を殺すことを考えていた。そのことを、二見の中井利亮に話すと、殺す程の女でもなかろうとの返事をした。」

なるほどと思って、浩三は思い直した。浩三は、考えながら昼寝をし、昼寝をしながら考えた。やがて、むっくり起き上がると、ペンを持って「私の景色」と題する短編小説を書いた。ここまでたどってきた引用は、すべてその文章の中からとったものである。そして、書くことによって、浩三は脱出口を見つけることができた。最後はこうなっている。

「私は苦い思いで、悪人になることに成功した。

ははは。私は、雨上りの青空を見あげて笑った。おれには、おれの生き方があるのだ。あんなろくでもないやつ、くそくらえだ。いくさから帰ったら、嫁さんをもろて、中井利亮と土屋陽一がいくさから帰るのをまって、そうだ、約束どおり、三人そろって、六人かもしらん、とにかく、そろって巴里(パリ)へ行くのだ。(…)

ああ、巴里に早く行きたい。

ネムの樹の茂った家に、早く住みたい。

凱風や吹け。

空は晴れた。」

短編小説「私の景色」は、昭和二十三年八月、中井利亮氏によって『伊勢文学』第八号

(「竹内浩三追悼号」)が編まれるまで絶唱「骨のうたう」とともに誰の目にもふれることがなかった。しかし、竹内浩三は、一生涯この恋人を忘れることができなかったらしい。彼の絶筆となった野村一雄氏宛の一通のハガキがそのことを何よりもよく物語っている。

「ゴブサタデ、申シワケナシ。ハガキブソクデコマル。コノハガキモ、一度ホカノ人ニカイタノヲ出サズニホッテアッタノデ、消シテカキナオシタ次第。シサイニ見ルト、アテナノトコロニ『森ケイ』トイウ名ヲ見ツケルコトガ出来ルト思ウ。トキドキハガキヲカク気ニナルガ、イツモ出サズニイル女人ノ名デアル。」

日付不明であるが、昭和十九年十二月初めに筑波の兵舎を発ってフィリピンへ向かう直前のものと思われる。「手紙」と題する詩は、竹内の入隊直後の昭和十七年十月に発行された『伊勢文学』第四号に掲載されている。

三　わが道をひとり行く

雨

さいげんなく
ざんござんごと
雨がふる

まっくらな空から
ざんござんごと
おしよせてくる

ぼくは
傘もないし
お金もない
雨にまけまいとして
がちんがちんと
あるいた

お金をつかうことは
にぎやかだからすきだ
ものをたべることは
にぎやかだからすきだ
ぼくは　にぎやかなことがすきだ

さいげんなく　ざんござんごと
雨がふる
ぼくは　傘もないし　お金もない

きものはぬれて
さぶいけれど
誰もかまってくれない

ぼくは一人で
がちんがちんとあるいた
あるいた

昭和十六年十二月八日にはじまった太平洋戦争の戦火は、東南アジア全域に拡大していった。しかし、戦局はまだ日本軍に有利で、子供たちは軍艦マーチではじまる臨時ニュースの赫々たる戦果に小躍りしていた。その最中の昭和十七年四月十八日、米空母から発進した爆撃機が東京と名古屋に飛来した。本土初空襲である。浩三の身を案じた姉に、こんな返事を書いている。

「あねさんよ。

手紙みた。あめりかの飛行機がせめてきて、バクダンをおとして行った。国民学校の子供を打ち殺した。ハラがたった。飛んでいるのも見えた。石ぶつけてやろうかと思った。子供を殺したのは、けしからん。ぼくの知っている中学生が、自分の友だちのカタに焼夷弾が当って即死したのを見たそうだ。

五月十二日は、ぼくの誕生日です。なにか下さい。れこおどがよろしい。『チャイコフスキイの円舞曲』を一枚買って下さい。」


しかし、二十一歳の誕生日はけっして明るくはなかった。恋人からの手紙が絶えて、どうやらふられたことがはっきりしただけではない。徴兵検査の結果、半年後に中部第三十八部隊へ入隊することが決定的となったからである。徴兵後のことを相談してほしいという姉のたっての頼みで、当時農林大臣をしていた井野碩哉（いのせきや）の秘書官青木理（あおきおさむ）にも面会した。むろん、そんな願いがかなうわけもなかった。終戦後三重県知事となった青木理の名で浩三の戦死の公報が出されるという皮肉なエピソードが生まれただけである。この時から夏休みの帰省までの間に、浩三はせっせと姉に手紙を書いている。孤独の憂苦を訴えたかったのだろう。


「蛾が部屋に集まってきて、器物につきあたって、鱗粉をまきちらす。

生きている理屈が、ますます不明瞭になってくる。弱い神経。

虚無への逃避もくわだててみる。なんにもないと思っていたら、無があった。常識に安住してもいたい。あまく、たのしく、風もない。よろこびもないが、かなしみもない。調節された本能が快哉をさけぶ。

理性とは、勇気のないことを意味する。」

「又も警戒管制で、町がくらく、風呂のかえりに、星がよく見えた。見ていたら、涙がどっと流れ出て、いくらたっても止まらなんだ。一月以上こらえにこらえていたやつが、星を見た拍子に、どういうものか、こらえきれなくなって、だだ漏りをはじめた。

感情に負けまいとして、がむしゃらにいろんなことをした。しているすきま、すきまに底知れぬ悲しみがときどきあらわれ、そのたびに歯を食いしばって、こらえた。」

竹内浩三にとっては、手紙も日記も散文も詩も、精神的苦痛から脱れる心術として同じものであった。ただ手紙では苦しみの感情そのものが訴えられ、日記や散文ではそれが客観視された記録となり、詩においては最も昇華されて象徴的イメージとなった。「雨」という詩は、失恋と出征の間に狭まれた孤独な男の姿勢をみごとに形象化して余すところがない。ちょうどこの時期、彼はかねて念願であった同人雑誌の創刊に没頭していく。それは『伊勢文学』と命名されて六月一日付で発刊され、八月までに三号を重ねる。同人は、中井利亮、野村一雄、土屋陽一、それに竹内の四名であるが、発行人の竹内がガリ版を切ってワラ半紙に印刷している。それは、彼にとって命がけの仕事であった。原稿用紙の一枚に、こんな書きなぐりがある。


「戦争に行くまでに、何かやりますする。あなたがぼくを誇りうるようなことを、やりますする。せめてもの、お礼。

わたしの　おとうとは　こんなに　えらかった　と、人にいばって下さい。

これみてくれと言えるような仕事を、ちから一ぱいやりますする。ぐうたらべいでも、やれば……」

四　願望の墓碑銘

愚の旗

1．人は、彼のことを神童とよんだ。
小学校の先生のとけない算術の問題を、一年生の彼が即座にといてのけた。先生は自分が白痴になりたくなかったので、彼を神童と言うことにした。

2. 人は、彼を詩人とよんだ。
彼は、行をかえて文章をかくのを好んだからであった。

3. 人は、彼の画を印象派だと言ってほめそやした。
彼は、モデルなしで、それにデッサンの勉強をなんにもせずに、女の画をかいていたからであった。

4. 彼はある娘を愛した。その娘のためなら、自分はどうなってもいいと考えた。
彼はよほどのひま人であったので、そんなことでもしなければ、日がたたなかった。

5. ところが、みごとにふられた。彼は、ひどく腹を立てて、こんちくしょうめ、一生うらみつづけてやると考え、その娘を不幸にするためなら自分はどうなってもいいと考えた。
しかしながら、じきに、めんどうくさくなってやめた。

6. すべてが、めんどうくさくなって、彼はなんにもしなくなった。ニヒリストと言う看板をかかげて、まいにち、ひるねにいそしんだ。
その看板さえあれば、公然とひるねができると考えたからであった。

7．彼の国が、戦争をはじめたので、彼も兵隊になった。

（二行削除）

8．彼の愛国心は、決して人後におちるものではなかった。
彼は、非愛国者を人一倍にくんだ。
自分が兵隊になってから、なおさらにくんだ。

9．彼は、実は、国よりも、愛国と言うことばを愛した。

10．彼は臆病者で、敵がおそろしくてならなかった。はやく敵をなくしたいものと、
敵をたおすことにやっきとなり、勲章をもらった。

11．彼の勲章がうつくしかったので、求婚者がおしよせ、それは門前市をなした。

12. 彼は、そのなかから一番うつくしい女をえらんで結婚した。
私よりもいい人を……と言って、離れていったむかしの女に義理立てをした。

13. なにをして生きたものか、さっぱりわからなかった。なんにもせずにいると、人から、ふぬけと言われると思って、古本屋をはじめた。

14. 古本屋は、実に閑な商売であった。
その閑をつぶすために、彼は、哲学の本をまいにち読んだ。

哲学の方が玉突より面白いというだけの理由からであった。

15. 子供ができた。
自分の子供は、自分である。自分は哲学を好む、しかるが故に、この子も哲学を好むとシロギスモスをたてた。

しかし、子供は、玉突を好んだ。

彼は、一切無常のあきらめをもって、また、ひるねにいそしんだ。

16. 一切無常であるが故に、彼は死んだ。

17．いろはにほへとちりぬるを。

竹内浩三は入営の日が迫ってくるにつれて、戦争の中に死神の顔が現われるのを振り切るように、己れの人生を、戦いが終わって生きながらえている自分の未来像を、思い描くようになった。昭和十七年十月一日の入隊を目前にして書き遺していった散文詩「愚の旗」は、まさに己れの「来し方」と「行く末」を簡潔にまとめあげた自伝であり、墓碑銘である。いや、もしも戦死することさえなければという仮定の上に成り立つ「願望の墓碑銘」とでも言えようか。「彼の国が、戦争をはじめたので、彼も兵隊になった」という一行の後に（二行削除）とあるのは、ひょっとしたら竹内入隊後の『伊勢文学』第四号を中井利亮が編集したときに削除されたのかもしれない。同じ第四号に載せられた「泥葬」の末尾も「戦場」の小見出しの後が破棄されている。そこにも、戦争に対する懐疑を綴ろうとしたにちがいない。まさに戦争は「国家」がはじめたものであり、人生がそこで断絶する可能性を暗示している。そうなれば（事実そうなったのであるが）、その後の人生は無意味な空白となる。その無意味さの象徴が勲章である。小説「勲章」の中では、こう語っている。

「たくさんあるね。君はまるで勲章をもらうために生きてきたようだ。立派だよ」

絵かきは、目をかがやかせさえして言った。

「まるで勲章をもらうために生きてきたようだ」

彼は、絵かきが帰ってしまってから、急にふさぎこんでしまった。

「おれのしてきたことは、たったこれだけのことだったのか」

と思って、つくづく勲章をながめた。


竹内は、戦争に直面するよりはるか前から「人生」を考えていた。むしろ、彼には確固とした人間観があったがために、「戦争」の本質が鮮やかに見えたといえる。

竹内浩三は、小学生のころ相次ぐ身内の死に見舞われていた。腹ちがいの兄夫婦の死、そして実母の死。その後は、父と血を分けた姉だけが頼りとなる。そうした体験が、彼に余りにも老成した人生見取図を描かせたといえそうだ。「五月のように」を歌った直後にも、その姉にこう書き送っている。


「人間うまれてきた以上、どっちみち死ぬのである。

自分が生きているということだけが、どうやら事実らしい。(…)

習慣なんて、どうでもよろしい。世間のものわらいになっても一向かまわない。『品行の修まらない女』と評されようが、それもケッコウ。ともかく世間のモノサシなんてものはけっとばして、自分のやりたいこと(それは自分の良心によると思うが)をやってればまちがいないと思う。」

少年竹内浩三にとっては、自己の良心だけが唯一のより処であって、すべての社会的規範は否定される。勲章に象徴された兵隊のクライなんかクソクラエである。しかし、だからといって、人生を虚無と見ているわけではない。むしろ、だからこそ、どんな人生でも、一人一人の人生はかけがえのない価値があると言いたいのである。ここでも、筑波の部隊から姉松島こうさんの三女にあてた手紙を思い起こす。

「オ前ガ生レテキタノハ、メデタイコトデアッタ。オ前ガ女デアッタノデ、シカモ三人メノ女デアッタノデ、オ前ノオ母サンハ、オ前ガ生レテガッカリシタトイウ。オ前ハ、セッカク生レテキタノニ、マヅオ前ニ対シテモタレタ人ノ感情ガガッカリデアッタトハ、気ノドクデアル。シカシ、オ前マデガッカリシテ、コレハ生レテコン方ガヨカッタナドト、エン世的ニナル必要モナイ。

オ前ノウマレタトキハ、オ前ノクニニトッテ、タダナラヌトキデアリ、オ前ガ育ッテユクウエニモ、ハナハダシイ不自由ガアルデアロウガ、人間ノタッタ一ツノツトメハ、生キルコトデアルカラ、ソノツトメヲハタセ。」

この姪は、生後一年たらずで死亡したが、まるでその生命力の弱さを知って励ましているかのようだ。

もう一通、失恋の直後ある女との別れの場面を書いたものであろうが、その時の姉あて手紙の一節をかかげておく。

「おんなに、たいして、しびれるようなみれんを、おぼえるけれど、それは、それだけのことである。おんなが、畳にふせて、慟哭して言うには、『おたいを、みかえすような、えらい人になってえな』ぼくは、きりきりと歯をならして、えらい人などになるまいと考えた。」

これらの手紙は、竹内浩三の権威や世間体に対する拒絶と同時に、生身の人間に対する血の通った愛情をよく表わしている。とくに、小さい者、弱い者への共感が溢れている。そして、竹内にとって、そんな無数の人生が演じられる舞台、つまり世の中とは、なんとも不可思議なものに見えた。「誕生」と「死亡」という絶対確実な二つの事実の間でさまざまに演じられる人生模様――それは、幕間喜劇のように竹内の目に映った。

五　男ならみんな征く

ぼくもいくさに征くのだけれど

街はいくさがたりであふれ
どこへいっても征くはなし　か（勝）ったはなし
三ヶ月もたてばぼくも征くのだけれど

だけど　こうしてぼんやりしている

ぼくがいくさに征ったなら
一体ぼくはなにするだらう　てがらたてるかな

だれもかれもおとこならみんな征く
ぼくも征くのだけれど　征くのだけれど

なんにもできず
蝶をとったり　子供とあそんだり
うっかりしていて戦死するかしら

そんなまぬけなぼくなので
どうか人なみにいくさができますよう
成田山に願かけた

少年竹内浩三にとって軍隊や戦争ほど、性に合わないものはなかった。生理的・感覚的にキライだったのである。

中学四年の時、「ぱんち　おうたむ号」というマンガ雑誌の中でも、彼は「私ノキライナモノ」の一つに「軍人」をあげている。

「軍人。今ごろこんなこと書いたらなぐられるだろう。しかし、これは私のまわりにいるそれのことで、外には本当の軍人らしいリッパな軍人もいるにちがいない。」

一年間の発刊停止の後だけに、用心深い書き方ではある。さらに「ぱんち　ういんた号」でも「四面軍歌」というマンガを載せて軍国主義ムードへの嫌悪感をあらわにしている。

大学入学後の昭和十五年になると、それがこんな表現に変わる。

戦争について

僕だって、戦争に行けば忠義をつくすだろう。僕の心臓は強くないし、神経も細い方だから。

当時の若者はどんなにキライであっても、「おとこならみんな征く」ことは、厳然たる運命のように思っていた。それは大日本帝国憲法第二章第二〇条に「日本国民ハ、法律ノ定ムル所ニ従ヒ兵役ノ義務ヲ有ス」と定められている限り避けられないことなのであった。もちろん、良心的徴兵拒否も許されない。平和な時代なら徴兵検査で不合格となる可能性もあるし、学生の間は兵役服務が猶予されるし、入隊しても戦場へ赴かずに除隊まで辛抱すればよい。けれども、最悪の時代だった。中国侵略は大陸全域に拡大し、その上、日米開戦も不可避な状況になっていた。軍服を着て銃を持った自分を想像すれば「忠義をつくす」しかない姿が浮かんでくる。

それから二年、徴兵検査は第一乙種合格であったが、軍人となることは決まった。戦火は世界を包む大戦となり、学生も卒業を繰り上げて銃をとることになった。その間『伊勢文学』に己れの生存の跡を遺そうとするかのように文章を刻んでいたが、その時も、竹内の考えと感覚は変わらなかった。むしろ、彼の開きなおった心境が「鈍走記」と題した独特のアフォリズムにはにじみ出ている。その何節かを拾ってみよう。

鈍走記

生れてきたから、死ぬまで生きてやるのだ。
ただそれだけだ。

ピリオド、カンマ、クエッションマーク。
でも、妥協はいやだ。

もし、軍人がゴウマンでなかったら、自殺する。

みんながみんな勝つことをのぞんだので、負けることが余りに余った。それをことごとく拾い集めた奴がいて、ツウ・テン・ジャックの計算のように、プラス・マイナスが逆になった。

××は、×の豪華版である。
××しなくても、××はできる。

いみじくもこの世に生れたれば、われいみじくも生きん。生あるかぎり、ひたぶるに鈍走せん。にぶはしりせん。

最初の××は「戦争」、×は「悪」と読みとれる。次の××が「戦争」と「建設」であることは草稿の出現によってわかった。太平洋戦争遂行のためのスローガン「大東亜共栄圏の建設」を諷刺したものである。「鈍走」という竹内の造語がもつ意味は明確ではないが、文字面からは、急がず、しぶとく生きるというぐらいの意味にとれる。戦場では、先頭切って突撃したりはしない姿勢であるかもしれない。とにかく竹内は、これからの人生のマイウェイをそう定めたのであった。

詩「ぼくもいくさに征くのだけれど」は、そのような開き直りの後に来た諦観を素直に表わしているように思う。「蝶をとったり」という情景は、明らかにレマルクの名作『西部戦線異状なし』の一シーンである。

しかし、「人なみにいくさができますよう／成田山に願かけた」竹内が、そのいくさの中から生きて還ることを願ったことはまちがいない。「愚の旗」や「勲章」に見られた彼の「戦後」の姿は想像に終わってしまったけれども、それこそ彼の切ないまでの希望であった。その一方でまた「うっかりしていて戦死する」自分の姿を振り捨てることは、どうしてもできなかった。この詩とほとんど同時に生まれた詩「骨のうたう」原型は、その公然と人に語れぬ思いを、振り切ろうとしても振り切れないイメージを、ひと思いに吐き出したものではないだろうか。いや、彼の意識に抑えこまれていた無念やるかたない思いが、一気に吹き上げて詩となった絶唱というものであろう。だからこそ、赤紙一枚で「国のため／大君のため」生命を捧げたすべての声なき兵士たちの声ともなっているのではないかと思う。

第三章　芸術の子、竹内浩三

富士山麓での教練（矢印が竹内浩三）

一　学生服を軍服に着替えて

夏休みも終わり再び上京した竹内浩三は、板橋区小竹町の下宿の壁に、「以㆓伎芸天㆒為㆓我妻㆒」と墨書した半紙を貼りつけ、それを眺めながらあと一月もない入隊の日までに己れの生存の跡を刻みつけようとして詩作にふけった。「色のない旗」に竹内が引用した城左門（じょうさもん）の詩は、そんな彼の心境を表している。

詩を作り、
人に示し、
笑って、自ら驕（たかぶ）る
——ああ、此れ以外の
何を己れは覚えたであろう？
この世で、これまで……

こうして生み出されたのが散文詩「愚の旗」である。この作品が、彼の遺書とも墓碑銘とも読みとれることは、すでに述べた。しかし彼は、何としても戦死することだけはしたくなかった。だから、戦争をくぐり抜けて、結婚し、子供をもうけ、人生を全うするところまで書いた。どんなに平凡な人生でも生き抜くところに意味があると主張したかった。そういう人生を選びたかったにちがいない。

そうこうするうちに、卒業の日が来た。一緒に卒業制作をしていた柿本光也氏の話によると、竹内は、出席日数不足のために卒業証書を式場では授与されず、教務課へ呼ばれてさんざん油をしぼられた挙句に手渡されたそうである。

九月末に帰郷。十月一日、入隊。

その朝がきた。親戚や隣組の人たちが日の丸の小旗を持って見送りに集まってきた。浩三は、一向に挨拶に顔を出さない。気づかった姉が二階の浩三の部屋を覗くと、浩三は、チャイコフスキーの「悲愴」をかけ、両手で膝を抱きかかえたまま、じっと聴き入っていた。姉の促しに対しても、「後生だから、終楽章のおしまいまで聞かせてくれ」と言って座を立たなかったという。それまでも浩三が「悲愴」をどんなに好んで聴いたか、柿本氏がおもしろいエピソードを話している。氏が吉祥寺のカントリー・アパートに住んでいたとき、下の部屋にいた竹内に二階から声をかけて、「外国盤の古い〝悲愴〟のレコードが手に入ったから聞きにこいよ」と呼んだ。すると、浩三は、外に出て来て「ここから聞いているからかけてくれ」と言って、一人で木蔭に突ったったまま最後まで聴き入っていたという。

吉祥寺のこのアパートには、山室龍人氏が一階に住んでいたこともあるので、そこへ遊びに行っていたときのことかもしれない。

もう一つ、出征が迫った時の心境を語る一枚の葉書が残っている。

お前さんのくれたカンヴスにむかうことにした。おかっぱの女の子である。朱色の顔である。唇は、エメラルドグリイン。手も赤い。青磁の壺をもっている。ツボにマンジュシャゲ（ヒガンバナ）がささっておる。

もう征く時間やんな、と云われるまで、この絵をかきつづけよう。

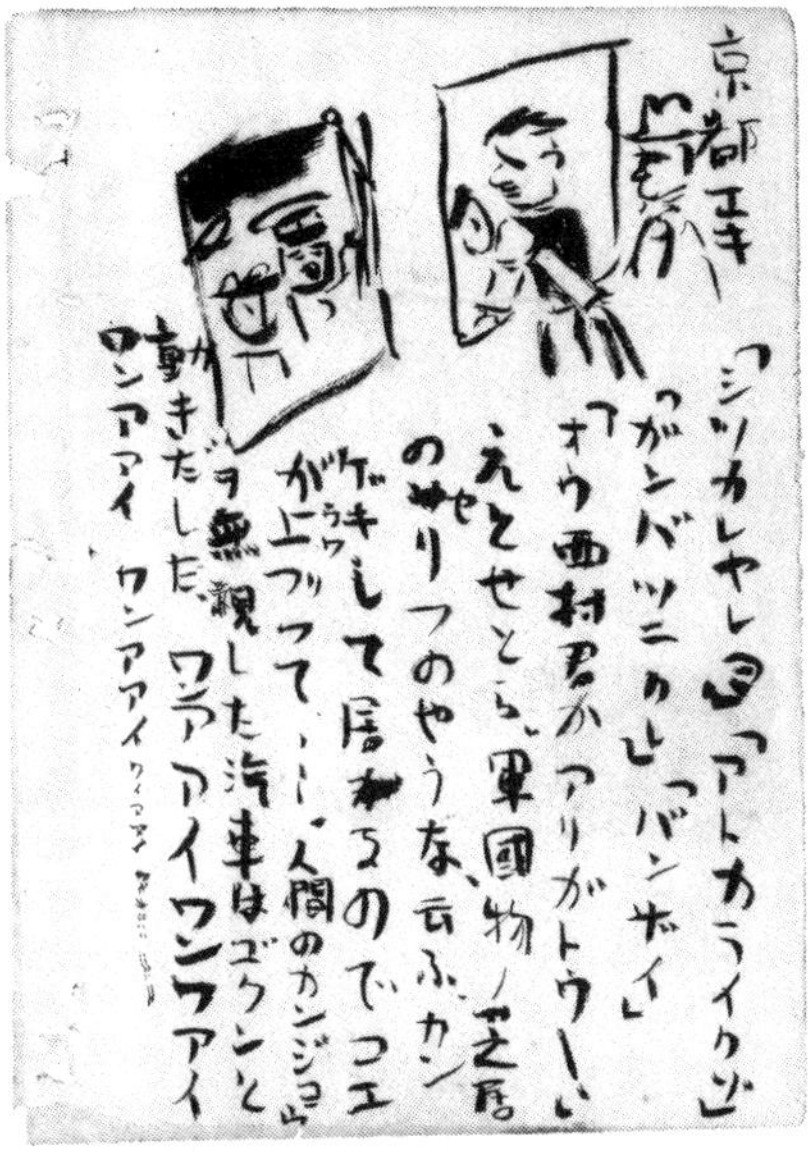

京都エキ
「シッカリヤレヨ」「アトカライクゾ」
「ガンバッ（テ）クレ」「バンザイ」
「オウ西村君カ　アリガトウ！」
えとせとら。軍国物の芝居のセリフのような（こと）。カンゲキして居るのでコエが上ずって……。人間のカンジョウを無視した汽車はゴクンと動きだした。ワンアアイ　ワンアアイ　ワンアアイ　ワンアアイ　ワンアアイ　ワンアアイ　ワンアアイ……

（旅日記「山陰旅行」より、
出征兵士を送る京都駅風景）

今、参急（参宮急行）にのっておる。松坂の親類へ行ったのである。シンルイには鳩が一ぱいいた。
戦争を、この上なくロマンチックなものと考える。考えて見れば、われわれの今までの生活には、ほとんどロマン精神はなかった。戦争には、かがやくばかりのロマン精神がある。

宛名は「辻サチどの」、日付は九月二十九日となっているが、消印の跡はない。辻さんは、『伊勢文学』第五号をパリ風景のカットで飾っている女性である。
音楽と絵と文学――竹内浩三が、その手に銃を持つこととなってからも最後まで手放せないものが、その三つだった。「戦争には輝くばかりのロマン精神がある」というのは、戦争を「センチメンタリズムの、みじんもゆるされない現実」と見ていた竹内にしては、突拍子もない表現のように思われる。これまで、どんなに嫌いな戦争でも「アルモノハ正シイ」として、自分の出征を納得させて来たのであるが、ここにきて、これが目前に迫りくる運命の時を切り抜けるための竹内の自己説得の論理となったのかもしれない。しかし、彼が日本浪曼派の思想に心酔した形跡は、まったくない。ぼくは、この出征直前の心情を、むしろ竹内の新たな決意の吐露とみる。すなわち、出征した後も音楽・絵画・文学は棄てないということを、「芸術の子」として表明したかっただけではないだろうか。二年後、南の戦場へ赴くことが決定的となったとき「一片の紙とエンピツをあたえ（よ。）／ぼくは、ぼくの手で、／戦争を、ぼくの戦争がかきたい」と書いたのと同じせっぱつまった心境であったように思う。

とにかく、竹内浩三は軍服に着替え、日の丸の小旗と「万歳」の声に送り出されて、中部第三十八部隊の営門をくぐった。

伊勢の二階の自室には、次のような挨拶のことばが、書き残されていた。

十月一日、すきとおった空に、ぼくは、高々と、日の丸をかかげます。
ぼくの日の丸は日にかがやいて、ぱたぱた鳴りましょう。
十月一日、ぼくは〇〇聯隊に入営します。
ぼくの日の丸は、たぶんいくさ場に立つでしょう。
ぼくの日の丸は、どんな風にも雨にもまけませぬ。
ちぎれてとびちるまで、ぱたぱた鳴りましょう。
ぼくは、今までみなさんにいろいろめいわくをおかけしました。
みなさんは、ぼくに対して、じつに親切でした。
ただ、ありがたく思っています。
ありがとうございました。

死ぬるまで、ひたぶる、たたかって、きます。

（『伊勢文学』第四号に掲載）

二　詩即生活、生活即詩

これ以後、筑波山麓の滑空部隊へ転属する昭和十八年九月までの一年間は兵営の中での竹内を伝えるものとして、彼自身の手紙と作品以外には何もない。そこから、ぼくに伝わってくるものを、しばらく書きとめよう。手紙は、姉あての五枚の葉書だけであり、面会の連絡など用件を手短かに認めている。それでも、検閲を恐れて「江古田大助」という匿名で外出時に投函したものには、「欲ハナク　イツモシズカニワラッテイル。」と宮沢賢治の詩句に托して諦めの心境を伝えている。また、食物よりも本をと姉にねだりながら、こんな文字による自画像を書いている。

夏になった。太陽をうしろにもった入道雲が、もえてくずれて灰になった。不幸な女中がよくそうするように、バケツをさげて、それを見ていた。

世の中は、戦争をしています。

いかにも竹内らしい表現である。彼は、この入道雲を見つめた目で、軍隊内の生活も見つめていた。女中のような初年兵として。それを詩に書いては、「伊勢文学をたのむ。ぜったいやめられぬ」と後事を託した中井利亮氏に送った。

兵営の桜

十月の兵営に
桜が咲いた
ちっぽけな樹に
ちっぽけな花だ
しかも　五つか六つだ
さむそうにしながら
咲いているのだ
ばか桜だ
おれは　はらがたった

兵営に見出したロマン精神とは、せいぜい狂い咲きの桜の数輪だった。軍隊組織を支えている非人間的な軍律への嫌悪の感情がむき出しに表われている。そして、兵営の外を流れる雲へ己れの夢を託す。

空には
雲がなければならぬ
雲は歌わねばならぬ
歌はきこえてはならぬ
雲は
雲は
自由であった

（「雲」第三節）

この二つの詩のあとに、「花火」という幻想小説も久居（ひさい）の兵営で書かれている。これこそ、醜悪で非人間的な現実を断ち切るところから生まれた本物のロマン主義的幻想小説である。現実にはロマン精神などひとかけらも存在しないことに気づいたとき、そして、レコードも絵筆も手にすることのできないとき、竹内は鉛筆一本で純粋すぎるほど純粋なロマンの世界を瞬時に創り出してしまうのである。「花火」の原稿は現存しているが、軍隊の通信用箋に鉛筆で書かれていて、書き直しもない。おそらく、郷里の部隊に初年兵として勤務していた間は、まだ多少の時間的余裕をつくり出すことができたのであろう。わら半紙のような粗末な紙の上に鉛筆を走らせている間は、彼は幸せになれたにちがいない。かつてチャイコフスキーやモーツァルトの音楽が、失恋の痛みを忘れさせてくれたように、演習や行軍のつかれも、いや、銃や軍服の存在も、さらにそこが兵営であることすらも忘れ去ることができたのだろう。たとえ、それが厠の中の数分間であったとしても。

しかし、すぐまたラッパが鳴る。点呼がはじまる。整列だ。演習だ。さっきまで鉛筆を握っていた手には、銃がある。それでも、彼は、軍服のどこかに、紙片とチビた鉛筆をかくしていた。

演習（一）

ずぶぬれの機銃分隊であった
ぼくの戦帽は小さすぎてすぐおちそうになった
ぼくだけあごひもをしめておった
きりりと勇ましいであろうと考えた
いくつもいくつも膝まで水のある濠があった
ぼくはそれが気に入って
びちゃびちゃとびこんだ
まわり路までしてとびこみにいった
泥水や雑草を手でかきむしった

内臓がとびちるほどの息づかいであった
白いりんどうの花が
狂気のようにゆれておった

ぼくは草の上を氷河のように匍匐(ほふく)しておった
白いりんどうの花が
狂気のようにゆれておった
白いりんどうの花に顔を押しつけて
息をひそめて
ぼくは
切に望郷しておった

まるで牢獄から解き放たれたかのようだ。遠足に来た子供のようだ。実際は、重い背嚢を背負い、銃を握りしめ、軍装に体をしめつけられているのに。白いりんどうの花が、いや雑草や泥水までが人間にとって不可欠のもののように狂おしいほどなつかしい。「ことば」が湧いてくる。すると、彼は、また不幸な女中がするように雲を見つめる。「ことば」が不幸を忘れさせる。

演習（二）

丘のすそに池がある
丘の薄（すすき）は銀のヴェールである
丘の上につくりもののトオチカがある
照準の中へトオチカの銃眼をおさめておいて
おれは一服やらかした

丘のうしろに雲がある
丘を兵隊が二人かけのぼって行った
丘も兵隊もシルエットである
このタバコのもえつきるまで
おれは薄（すすき）の毛布にねむっていよう

こんなとき、ポケットからそっと紙片とチビた鉛筆を取り出して、書きつけたのが、これらの詩となったような気がする。竹内の眼は、まだ何かを探している。花や雲は心を慰めてくれるけれど、それだけのことだ。人間は、いないか。本当の人間は。

白い小学校の運動場で
おれたちはひるやすみした
枝のないポプラの列の影がながい
ポプラの枝のきれたところに　肋木（ろくぼく）の奇妙なオブジェに
赤い帽子に黒い服の　ガラスのような子供たちが
流れくずれて　かちどきをあげて
おれたちの眼をいたくさせる

（「行軍（一）」第一節）

小学校の校庭には、ちょうど体操の時間の子供たちがいたわけだ。面映ゆかったにちがいない。恥かしさで消え入りたかったかもしれない。できるなら、銃も軍装も投げ捨てて、子供たちと一緒に戯れたかっただろう。良寛さんのように——。（以下「行軍（一）」部分）

おれのよごれた手は　ヂストマみたいに
飯盒（はんごう）の底をはいまわり　飯粒をあさっている（…）

星もない道ばたで　おれは発熱しながら　昆虫のように脱皮してゆくようだ

こんな格好をしたものは、もはや人間じゃない。兵隊なんて、寄生虫か昆虫の類だ。子供たちとも女学生とも言葉を交すことができない。もしも浩三がカフカの『変身』を読んでいたら、甲虫と化した主人公を思い出しただろう。

腹がへり、のどが焼ける。もはや機械の歯車の一つと化し、山の木の一本と化し、それでも手足は自動的に動いていく。じっと聞きいると、己れの心臓は、まだ鼓動している。

行軍（二）

あの山を越えるとき
おれたちは機関車のように　蒸気ばんでおった
だまりこんで　がつんがつんと　あるいておった
急に風がきて　白い雪のかたまりを　なげてよこした
水筒の水は　口の中をガラスのように刺した
あの山を越えるとき
おれたちは焼ける樟樹（くすのき）であった
いま　あの山は　まっ黒で
その上に　ぎりぎりと　オリオン星がかがやいている

じっとこうして背嚢（はいのう）にもたれて
地べたの上でいきづいていた（い）ものだ
またもや風がきて雨をおれたちの顔にかけていった

「いま」とか「こうして」という臨場感に注意していただきたい。これらの詩は、竹内独特の自動記述法によって書かれたものだと思う。それはダダイズムで言う意識の自動記述ではなく、行動の自動記述とでもいうべきものである。「詩即生活、生活即詩」というのが、彼の学生時代からの座右銘であったが、入隊以後もそれがモットーであることは、『筑波日記』の中の次の一文が語っている。

コトガラヲソノママ書クニハ、デキルダケ、ソノコトヲ行イナガラ書クトヨイ。日記ヨリモ、モットコキザミニ、ツネニ書キナガラ、ソノコトガラヲ行ウ。「書イテイル」ト云ウ文句ガ一番ソレデアル。

（四月十四日）

三　兵営を描く子供の眼

しかし、それが理想であっても、現実には書くことを許されている時間がない。当時の軍隊の生活では、兵士は郷里へ手紙をしたためるのがせいいっぱいで、あとの軍務の合い間は食うことと寝ることとしかない。戦後公刊された『きけわだつみのこえ』等の記録もそのほとんどが親兄弟への手紙から成っている。竹内浩三が、昭和十七年秋からの二年間にこれだけのもの（はじめは詩と小説、あとは日記）を書きのこすことができたこと自体が、ぼくにとっては驚異である。それがどうして可能であったのか。たしかに、彼には、いま行動の自動記述と名付けた方法、少なくとも生活態度があった。それを己れに課する強い意志があった。そして、その方法が、軍隊生活という鉄の規律の中で、ものを書くには、唯一のふさわしい方法であったのかもしれない。はじめは、醜悪な現実から目を閉すことによってシュールレアリズム風の短編小説を書くことができた。その余裕も許されなくなると、それがいわば記録精神と化しスケッチ風の詩を生み出した。そして、最後に、ロマン精神も記録精神も一体となったかのような『筑波日記』の作業に集中するのである。そこでこそ、彼の行動の自動記述が一つの達成をとげていると見ることもできる。その日記で如実に表われているように、竹内の視座は、徹底して日常的である、女中のような一兵士の眼であり、子供の眼である。玄人文学者の眼でもなければ、職業軍人の眼でもない。その眼に映る「戦争」は依然として悪の豪華版であり、「軍隊」は、それを遂行するための暴力組織にすぎない。「国家」の強制によって我身をその組織の中に置きながら、その眼は失われた平和な日常のくらしを恋しがる。

あの街　あの道　あの角で
おれや　おまえや　あいつらと
あんなことして　ああいうて
あんな風して　あんなこと
あんなにあんなに　くらしたに

あの部屋　あの丘　あの雲を
おれや　おまえや　あいつらと
あんな絵をかき　あんな詩を
あんなに歌って　あんなにも
あんなにあんなに　くらしたに

（「望郷」　第三節は省略）

その眼は、一転して鉄の規律にしばられた現実の兵営に向けられる。そうすると、皇軍の兵営は、まるで土方の飯場のように見えるのだ。子供の眼は、だまされないからである。

夜通し風が吹いていた

上衣のボタンもかけずに
厠（かわや）へつっ走って行った
厠のまん中に
くさったリンゴみたいな電灯が一つ

まっ黒な兵舎の中では
兵隊たちが
あたまから毛布をかむって
夢もみずにねむっているのだ
くらやみの中で
まじめくさった目をみひらいている
やつもいるのだ

東の空が白（しら）んできて
細い月がのぼっていた
風に夜どおしみがかれた星は
だんだん小さくなって

光をうしなってゆく

たちどまって空をあおいで
空からなにか来そうな気で
まってたけれども
なんにもくるはずもなかった

彼は便意をもよおして厠へ走ったのだろうか。ぼくは、そうではないと思う。「ことば」が胸に湧き出していたので、深夜にも紙と鉛筆を手にするや厠へ駈けこんだのだと思う。小さな裸電球のにぶい光を頼りに詩をつづるために。一兵卒竹内浩三にとって、厠だけが、誰にも妨げられず自由に想像力を馳せることができる空間であった。

第四章　兵士竹内浩三の詩魂

出征前日

一　ぼくの戦争が書きたい

竹内浩三は、まだ初年兵の間は、郷里の部隊という親近性もあってか、詩や小説を書くゆとりがあった。ところが、一年間の歩兵訓練を終えたころ、急遽、茨城県筑波山麓に新しく編成された滑空部隊への転属を命じられた。

滑空部隊というのは、爆撃機に曳行されたグライダーに搭乗し、敵地のただ中に着陸して、飛行場や港や橋など敵の施設を無傷のまま確保することを目的に編成された部隊である。落下傘部隊が重火器すら携行できないのに比べて、当時陸軍が開発を急いでいた大型グライダーは、小型戦車まで搭載できたという。すでに、一九四〇年五月ナチスの軍隊がベルギーのエバン・エマエル要塞攻撃にグライダーを用いて成功したという情報をキャッチした参謀本部は、西筑波飛行場での操縦者訓練を終え、グライダー搭乗兵員の聯隊を編成した。それが、竹内の配属された挺進第五聯隊、通称東部一一六部隊である。いわば、陸軍の〝秘密兵器〟であり、〝虎の子部隊〟の一つであった。その上、滑空部隊は夜明け前の奇襲に適するといわれ、夜間の演習が多く、ミ号剤と呼ばれる薬物（闇の中で眼が見えるのに有効といわれていたが、成分は不明）を兵士に服用させていたらしい。

竹内浩三一等兵は、こうした特殊部隊の猛訓練の中で、日記を綴ったのである。しかも、二百余日にわたり、一日とて欠かした日はない。それが、いかに至難の業であるかは、兵役経験者なら、だれでも認めるところだと思う。

この日記の第一印象について、ぼくは一つの文章をここに紹介しておきたい。

「みどり色のレザーの小さな手帖二冊、手垢で汚れ、綴糸もほどけ、だらしなくなっている。それへ、鉛筆とインキで、字体も文章も乱雑で、意気込んで書いたとも思われぬ。漢字も忘れっ放しの日記。昭和十九年一月一日より七月二十七日に至る。冬・春・夏の季節を、ちっとも面白くなく、生甲斐もなく心臓を動かしていた記録。……光彩陸離だった彼が、なにを食べて、眠った、汗をかいた、寝ていたと云う記事の羅列を布く。この日記くらい、その日その日の食物を克明に記したものは見当らない。軍隊では、食物が神様で、それが本当でも、普通の人間は恥しがって、思想がどうのこうのと書く。……」（中井利亮「筑波日記について」、『伊勢文学』第八号、昭和二十三年八月）

ここで中井氏が「思想」と言っているのは、もちろん戦中に猖獗（しょうけつ）した国粋思想であり、大東亜共栄圏建設等のことである。竹内は、終生そんな思想の怒号の中にありながら、ついに洗脳されることはなかった。そこで今日、竹内を反戦詩人と呼ぶ人もいるわけだが、彼は、およそ反戦をスローガンとするいかなる既成思想も持ち合わせていなかった。ただ、軍隊や戦争ほど彼の嫌いなものはなかった。

竹内浩三の遺稿のすべてに脈々と流れているのは、「人間への愛情」と「言葉への信頼」

の二つである。そして、それはいかなる極限状況下に置かれても変わることがない。

「便所ノ中デ、コッソリトコノ手帳ヲヒライテ、ベツニ読ムデモナク、友ダチニ会ッタヨウニ、ナグサメテイル。」（三月十六日）

ぼくは、光彩陸離だった生身の竹内を知らない。しかし、日記の随所でこのような言葉に出会うと、竹内浩三の肉声が聞こえてくるような気がする。

「竹内浩三の天才を信ずるものにとって、その戦死は、何ものにも代えがたく悲しい。私たちは、ほんものの人間を失ったので、彼ほど人間として物を言う人間はなかった。」

ぼくは、この中井氏の言葉に同感である。しかし、同時に、竹内浩三が、二十三歳という短い生涯の晩年の数年間に、その人間的真実を不屈の決意によって書き遺し、それが今日これだけ我々の手に残されていたことを喜びたい。このような奇蹟を現実としたのは、まず何よりも竹内自身の苦心であるが、それを戦後今日まで丁重に扱い保存してこられた姉松島こうさんや中井利亮氏たちのご尽力には心から敬意を表したい。

そして、今なお気がかりになるのは、「筑波日記（三）」以下の存在である。それは、あるいは竹内の背嚢に入れられたままフィリピンの戦場で消えたかもしれぬ。「ぼくが見て、ぼくの手で／戦争をかきたい」という竹内の最後の「ねがい」も叶えられずに……。

二　「筑波日記」——希望なき兵士の記録

昭和十九年一月一日から七月二十七日まで二百九日の間、竹内浩三の毎日の行動については、二冊の小さな暗緑色の手帖がすべてを物語っている。終戦直後、いち早くこの日記を『伊勢文学』の復刊号に紹介された中井利亮氏は、「冬・春・夏の季節を、ちっとも面白くなく、生甲斐もなく心臓を動かしていた記録」と書き、また「軍隊を逃避しようとしたものではなく、もう胡坐（あぐら）を組んだ姿勢での軍隊日記で、異様な明るさがある」と評している。

たしかに、この日記は、最初から何の気負いも感じられない。むしろ、軍隊批判を書いてやろうとか、小説や詩を書きとめようといった姿勢を捨て去ったところから始まっている。正月の休暇は、三日とも外出をして、娑婆（しゃば）の空気を吸い、腹いっぱい食うことに専念し、夜は営内の演芸会を見たというだけの記録である。四日からは銃剣術があり、兵器の手入れが悪いと言われては深夜まで手入れをし、特火点攻撃の演習がはじまり、夜の歩哨に立つ、といった日々がつづく。

しかし、その間にもときどき詩心が顔を出してくる。たとえば、一月七日、朝カラ、演習デアッタ。
泥路ニ伏セシテ
防毒面カラ
梢ノ日当リヲ見テイタ
ア　雀ガ一羽トビタッタ。
弾甲ヲモッテ、トコトコ走ッテイタ。
ヒルノカレーライスガウマカッタ。
ヒルカラモマタ、演習デアッタ。
枯草ノ上ニネテ
タバコノ烟ヲ空ヘフカシテイタ
コノ青空ノヨウニ
自由デアリタイ
ハラガヘッタニモカカワラズ、夕食ハ、少ナカッタ。アシタハ、外出ヲシテ、ウント喰ワシテヤルカラナト、腹ヲ、ナグサメタ。

これは、詩であろうか。記録であろうか。竹内浩三にとっては、どちらであろうがなかろうが問題ではない。ただ書くという行為が、その日その時、彼にささやかな満足感を与えたことだけはたしかだろう。そして、一兵士にとってただ飢えを満たすためにだけあった食物までが、詩人の「ことば」にとらえられると、たちまち詩と化して、今日のぼくらの心に伝わってくる。

「サツマイモホドウマイモノハナイトマデハ云ワナイケレドモ、コレハ、ナカナカステガタイ味ヲモッテイル。下手ナ菓子ヨリハ、ハルカニウマイ。」（一月十五日）

「二ツノマンジュヲ喰ッテシマウト、云ウニ云ワレナイ淋シサガヤッテキタ。」（一月十六日）

「ドウ云ウワケカ、今日ハ気持ガハレバレセヌ。宮沢賢治ヲキノウ読ンダタメカ。喰ウコトダケガタノシミトハ、ナサケナイ。外出シテモ、食ベルコトダケニ専念スル。」（二月五日）

演習の激しい日は、記録が短くなる。しかし、それでも詩となる。一月二十七日からは重機関銃教育期間の仕上げとして群馬県相馬ヶ原での演習に参加する。こんな日記がつづく。

「朝モ、ヒルモ、夜モ、演習。
キカン銃ノ銃身ヲ背オッテ坂ヲ行クトキ、十字架ヲ負ッタキリストヲ考エタ。」（一月二十八日）

「朝モ、ヒルモ、夜モ、演習。
仕事ガ時間ヲ追ッテクル。

夜、肥料クサイ畑ノ中ヲハイナガラ、キカン銃ヲヒキズッテイタラ、ウシロノ方デ、見事ナ火事ガハジマッタ。ヒサシブリデミル火事デアル。」　（一月二十九日）

「〇時四十分ニ出発シタ。

ネムリコンダ村ヲ歩イタ。

夜フケ、フトンノ中デフト眼ガサメテ、オヤ、イマゴロ兵隊ガ歩イテユク、サムイコトダロウト、寝ガエリヲウツト云ウ身分ニナリタイモノダト考エテイタ。」

（二月二日）

詩人のやさしい眼差しは、同じ部隊の人間に向けられるとき、ぐんと生彩を放ってくる。たとえば、竹内と同年兵で、一番気の合った谷田孫平や、中国戦線で頭に銃創を負った中隊長の人物デッサン（四八〜四九ページ参照）に見事にあらわれている。

竹内浩三が、どうしてこんな日記を営々と綴りつづけることができたのか、誰も知る者はいない。毎日のように竹内と接し、また竹内の手紙に検閲の印を押していた三嶋与四治小隊長も、まったく手帖の存在に気づかなかったという。三嶋氏によると、竹内一等兵は、兵器の操作こそ不器用であるが、陽気で愛すべき兵卒であった。だから、四か月の教育期間終了後は、なるべく中隊当番や使役にまわしてできるだけ演習には出さなかったという。

「三島少尉ニタノマレタ発明ノ浄書ヲヤッテイナカッタノデ、気ニシテイタラ、ハタシテ呼バレタ。行クト、ソノコトハ何モ云ワズ、ウレシソウニ又チガッタ発明案ヲ話シ、文ニシテクレトタノンダ。
敵中ニ発火剤ヲ塗ッタネズミヲ落下傘デバラマク。
爆弾ノ中ニ鉤（カギ）ヲシカケテ人ヲキズツケル。
空中戦ニ反射鏡ヲ用イテ、敵機ノ眼ヲクラマス。
爆弾ヲツケタ犬ヲ敵中ニバラマク。
ト云ッタ風ナ、タノシイ発明デアッタ。」（二月五日）

竹内一等兵の絵と文の才能は、他の上官や兵隊からも重宝がられる。
「ヒルカラ、黒江中尉ノ使役デ地図ヲ書ク。重慶、アッツ、ポートダーウィン。ソンナ土地カラ東京マデ線ヲヒイテ、何粁アルカ、飛行機ガ何時間デクルカ、ソンナ地図ヲ半日ガカリデ、ウマク書ケタ。中央廊下ヘ貼ッタ。」（三月五日）
「亀山ガ来テ、タバコヲヤロウカト云ウ。又、手紙ヲ書イテクレト云ウノデアロウト思ッテイルト、ソウデアッタ。『ボクガ入隊前ニ植エタサクラノ樹ニ、花ガサイタラ知ラセテ下サイ』ト云ウ文句デアッタ。」（三月二十九日）
「田中准尉にたのまれて、こんど、又変わったアメリカの飛行機の標識をかいた。きょう乾省三が面会にくるので、臨外（注　臨時外出）をくれとたのんだ。まえからたのんであったのでくれた。」（五月二十七日）

しかし、そんな芸術的才能が、軍隊という暴力組織においては、本質的には何の役にも立たないことを、詩人は十分心得ている。

「清野班長は、ぼくに云う。君はいろんなことをよく知っているかもしれない。頭もよいかもしれない。詩も上手かもしれない。しかし、それが戦場で何のヤクに立つであろうか。こいつは頭がよいから、殺さずにおこうとは云わない。だれかれなく突いてくる。それをふせぎ、ふせぐ前に相手を突き殺すだけのうでまえと気力が、兵隊であれば、なによりも必要なのではあるまいか。ぼくは、兵隊であるからして、その言には一句もない。」（五月三日）

それでも、竹内浩三の陽気な人柄が、爆発的にあらわれてしまうのが、演芸会である。

「三島少尉ニ呼バレテ、ユクト、コナイダノ演芸会デ発表シタ「空の神兵」ノカエウタハ、神兵ヲブジョクシタモノデアルカラ、今後ウタウベカラズ、作ルベカラズト。」（一月二十一日）

「夜、演芸会。演芸会ニハイツモ出ル。ワイ談長講一席。酒ガ上ッテ、イササカ呑ンダノデ、キゲンモヨイ。」（三月一日）

しかし、それはそれだけのことで、だんだん気がすすまなくなる。

「炊事室のうらで、演芸会があった。つまらなかったからかえってきた。日の丸の扇をもって、きものをきた娘が、三味線にあわせて、愛馬行進歌や日の丸行進曲をおどると云うのはにがてである。」（五月三日）

そんなときには、むしょうに宮沢賢治のことを考えてしまう。賢治の名前は何箇所も出てくる。まず、二月四日に下妻市の本屋で『雨ニモマケズ』と題する伝記を買っている。三分の二ほど読んで、高見順の『文芸雑感』と一緒に十一屋にあずけている。その時も「宮沢賢治ヲ、ココロカラウラヤマシクオモッタ」と書く。二月二十三日には、その読後感を詩につづる。

アア、宮沢賢治ハ銀河系気圏ヘト昇ッテイッタ。
昭和八年九月二十一日午前一時三十分。
ウタヲウタイ
コドモニハナシヲ聞カシ
肥料ノ発明ヲシ
トマトヲ作ッテ
ナンミョウホウレンゲキョ
昭和十九年
ボクノ日本ハ　アメリカト戦ウ
アメリカガボクノ日本ヲ犯シニキテイル
ボクハ兵隊

風ノ中
腹ノカナシミ
腹ノサビシミ
ソレヲ云ワズ
タダ　モクモク
最下層ノ一兵隊
甘ンジテ
アマンジテ
コノ身ヲ
粉ニシテ
アア　ウツクシイ日本ノ
国ヲマモリテ
風ノナカ　風ノナカ
クユルナシ
クユルナシ

そのすぐ後に「Нет, больше жить так невозможно!」とロシア語で書いている。「もうこれ以上生きられない」という意味である。「モウナニモ食ベラレナイ」と反復する。こんな時は、「ことば」だけが頼りであるが、その「ことば」も出てこなくなる。

金魚ト眼鏡ト風琴ト
椎ノ実
コトバガ　コトバガネェ
眼鏡ノ
森ノ
コトバガネェ
ボクノロカラ　出テコナイ

（二月十一日）

中井利亮氏にあてた葉書に、「うたうたいは　うたうたえと　きみ言えど　口おもくうたうたえず。うたうたいが　うたうたわざれば　死つるよりほか　すべなからんや。魚のごと　あぼあぼと　生きるこそ　悲しけれ。」と「鉛のような」ことばをつづったのも、こんな気分のときだったと思う。「気チガイニ、ヨクモ、ナラナイモノダ」（四月二十七日）、「よくまァこんなところにいて発狂しないことだ」（六月二十六日）と繰り返し書きとめている。入隊の二か月ほど前、決定的失恋のころと似た精神的危機が時々襲ってくるのだ。

「貧シイコトバシカ持タナイ。ダンダント、コトバガ貧シクナルヨウダ。消灯前、ケダラケノ夜。頭、コウコウトツ（注　後頭骨の誤記か）カラ人ノ声、ケダラケ。クルブシ、ウルブシ、ケブル電灯。床ヤ毛布ノ光沢。声ガ錯綜シ、外ニハ星ガアルダロウシ、飛行場ニハ、枯レタ土ガアルデアロウ。飯盒ノ底ニカラカラノ飯粒ガアルヨウニ、虫ノヨウナ眠リヲモッテ太陽ニ無感覚デ、ヨゴレタ服ヲキテイル。

挺進部隊本領

挺進部隊ハ全軍ニ挺進シ、偉大ナル空中機動力ヲ以テ最モ緊要ナル時機ニ於テ、長駆ヨク敵ヲ奇襲シ、敵ノ戦略要点ヲ確保シ、戦捷ノ途ヲ拓クモノトス」（三月十六日）

すでに、これは、軍隊生活から逃れるために、純粋素朴な魂が自らの内なる狂気の世界を求めて遁走を試みようとしている痕跡ではないだろうか。それでも、詩人は、最後の瀬戸ぎわで現実世界へ連れもどされる。今や、一冊の小さな手帖だけが詩人を救済する。書くことだけに生存の意味が見つかる。竹内浩三は、再三再四、日記の中で、日記を書くことの意味を確認している。

「ボクハ、コノ日記ヲ大事ニシヨウト云ウ気ガマスマス強クナッテキタ。コノ日記ヲツケルタメニダケデ、カナリ大キナ支障ガ日日ノツトメノ上ニキタス。ソレホドヒマガナイ。シカシ、コノ日記ハオロソカニハスマイ。」（二月四日）

「便所ノ中デ、コッソリトコノ手帳ヲヒライテ、ベツニ読ムデモナク、友ダチニ会ッタヨウニ、ナグサメテイル。ソンナコトヲヨクスル。」

（三月十六日）

「ロシヤノ小説ヲ読ムトヨク、温イ一隅 Теплого угла と云ウコトバガ出テクル。タトエバ、チェホフノ『殻の中の男』ニモ、「自ラヲ嘲リ、自分自身ニ嘘ヲツク——コウシタコトモ、一片ノパンノタメ、温イ一隅ノタメナノデスカラネ」

コノ手帳ハ、ボクノ「温イ一隅」トモ云エル。」

（三月十八日）

「コノ日記ハドウカト云ウト、フルイニカケテ書イタモノデアル。書キタクナイモノハサケテイル。ト云ッテ、ウソハホトンド書イテイナイ。

ウソガナイト云ウコトハ、本当ナコトトハ云エナイ。」

（四月十四日）

「アレモ書コウ、コレモ書コウト考エテイル。コノ手帳ヲ、サテ、アケテミルト、ナニモ書ケナクナル。マルデ恋人ノ前へ出タヨウニ、ウマイコトバガ出テ来ナイ。」

（四月二十六日）

そして、第一冊目の最後の日には、こう誌している。

「コノ日記モ、余白スクナクナッタ。コノ日記ハ、キョウデ終ロウト思ウ。読ミナオシテミルト、ナンダト思ウヨウナツマラナイコトヲ書イテイル。シカシ、ソレヲ消シタリシヨウトハ思ワナイ。ソノトキ、ソノヨウニ考エ、ソノヨウニ感ジタノデアッタ。マズシイモノダト思ウ。シカシ、ソレダケノモノデシカナイ。」

（四月二十八日）

しめくくりの言葉をもう一度書きとめよう。

五月ガ来レバト、何トナクヨイコトデモアリソウナト、アワイノゾミヲモッテ、コノ日記ヲ終ロウ。
ヨイ日ガ来テ、ヨイコトヲシテ、
ヨイ日記ヲ書ケルヨウニト。
筑波日記　冬カラ春へ　終リ。

切ないばかりの希望を次の手帳に托して、第一冊目は終わるのである。けれども、その第二冊目になると、もう日記自体のことは、ほとんど書かれていない。わずかに、五月二日、第一冊目を「姉のところへ送った」という記録があるだけである。それが、当時出版された宮沢賢治の作品集（十字屋版全集の一冊と推定される）をくり抜いて、その中に埋めこまれて伊勢の姉の所まで送られて来たことは、当の松島こうさんが幾度も証言している。二冊目の「みどりの季節」でも、宮沢賢治の言葉が扉に書き写されている。「世界がぜんたい、幸福にならないうちは、個人の幸福は、ありえない。」『農民芸術概論』の序文の中の有名な一句である。
さて、二冊の日記を一気に通読してみると、ちょうど真中辺に、小春日和のような日々が訪れていることに気づく。「田園詩」と題する詩の現われるあたりである。

雨ガハレテ　朝デアッタ
泥道ガ　湯気ヲ立テテカワイテイッタ
自転車　走レヤ
　ハイ　トロロウリイ　ロウリイロウ
　ハイ　トロロウリイ　ロウリイリイ
君タチ　ガラス玉ノヨウナ子供タチ
学校ヘオ出カケカイ
オジギシテトオル
兵隊サンアリガトウ　ナド
云ウモノモイル
ハイ　今日(こんにち)ハ
イチイチ　シッケイヲシテコタエタ
　ハイ　トロロウリイ　ロウリイロウ
　ハイ　トロロウリイ　ロウリイリイ
畑ノヘリニナランダ梧桐(アオギリ)ハ　マダ葉ガナクテ　奇妙ナ踊リヲシテイル
自転車デ　ソレヲカゾエルト

ミンナソロッテ　ピチカットトヲウタイダス
ハイ　トロロウリイ　ロウリイロウ
ハイ　トロロウリイ　ロウリイリイ

（四月三日）

昭和十九年四月、九州で朝香宮（あさかのみや）臨席の特命検閲が行われ、前月の二十日には、竹内の中隊も大部分が出発している。ついでに書くが、この時の宮崎県唐瀬原（からせばる）における特命検閲は、滑空部隊と落下傘部隊を組み合わせた後にも先にもたった一回の演習であり、西筑波から参加した「ク八」型滑空機は、演習場に着陸したものの回収不可能となって、終戦後までそのまま放置されていたという。ところが、竹内自身はその編成から外され、相変らず筑波で演習や学科の合間に畑仕事をさせられたり、同じ居残り組の三嶋少尉の使役をしたりしている。ひょっとしたら、この時も三嶋小隊長が竹内を居残り組の中に加えてくれたのかもしれない。三嶋氏は、竹内の理解者である。竹内も三嶋氏の人間性に素直に親しんでいる。

「風呂ニモ行カズ、火ニ当リナガラ三島少尉トハナシヲシテイタ。三島少尉ノロハ大キクテ紅ク、ヨダレガ絶エズソレヲウルオシテイル。兵隊ニハナク将校ニアル特権ヲ、ボクノ前デフリマワシタガル。
コチラガ外ニ出ラレナイト思ッテ、チョット出テ、十一屋ノ女中サンデモ、カラカッテコヨウカ、竹内オ前モ一緒ニ行クカ、シカシ、オ前ハ出ラレンデアカンノウ。コンナタグイデアル。アホラシナッタリ、クヤシナッタリ、スル。」（四月十五日）

戦後、フィリピンから生還した三嶋与四治氏は、『人生劇場』、『砂の器』などの名プロデューサーとして松竹文芸映画の黄金時代を築く立役者となった。竹内浩三とは明暗を分かった運命の皮肉である。

それはさて、初めのうちは残留組の人員が少ないので、連夜不寝番に立つようになり、なかなか暇はできそうもない。ところが、三月三十一日、初年兵が入隊してくることになったのに兵舎には収容の余地がなく、しばらくは吉沼小学校に宿泊させることとなる。そこで竹内一等兵は、その初年兵受入れの係を命じられた。「点呼ガスムト、教室ヘトッタ床ノ中ヘ入ッテ、スグニ寝タ。コンナ気楽ナ生活ハ、軍隊ヘ入ッテハジメテデアル。」それから四月十六日まで半月間の小学校を中心にした生活は、竹内に生来の明るさと健康を回復させているように見える。読書と音楽が戻ってきている。日記をつける時間も長くなる。冷静な知性が蘇ってきて、軍隊という所属組織と自己の生き方の矛盾を問いつめる。

御奉公ト云ウ。コト、コノ御奉公ニ関シテハ、ドンナエライ思想家モ、小説家モ、マルデ子供ト同ジヨウナ意見シカハカナイ。
ソレホド、コノコトハ、ネウチノアルコトデアロウカ。

マテマテ、マタロクデモナイコトヲ云イダシタ。ナンニモ知ラナイクセニ、ロクデモナイコトヲ云ウナ。

一体ボクハ、ナニヲスレバヨイノカ。

云ウマデモナイ。忠実ナ兵隊ニナルコトダ。

ナレナイ。

ナレナイトハナンダ。ソレハゴクツマラナイプライドデソウ云ウノダ。

無名ノ一兵卒トシテオワルノガイヤダト云ウ。

無名ノ忠実ナ一兵卒、立派ナコトデハナイカ。

ソレハコトバトシテ立派ダ。

立派ト云ワレルトキハ、スデニ有名ノ無名ニナッテイル。本当ノ無名ト云ウヤツハ、ツマラナイ、マッタクノ下ヅミダ。アアト云ウ。シカシナガラ考エテ見ヨ。オ前ハ、無名ノ一兵卒ハイヤダト云ウガ、オ前ニハソレ以上ノモノデアルダケノ力ガアルカ。オ前ナンテ、ソウ大シタモノデハナイゾ。オ前ノ詩ヲ、オ前ハ心ヒソカニ誇リタイノデアロウガ、ナッテナイデハナイカ。

ソレハ、軍隊へ入ッテカラバカニナッタカラダ。

ウマイコトヲ云ウナ。オ前ハ、マエカラ詩モ絵モヘタクソデアッタ！

ソウ云ッテシマエバ、オシマイダ。『朝霧』ヲ読ミオエタ。石坂（洋次郎）ハオッチョコチョイナトコロガアルガ、コノ阿部（知二）ハナカナカシッカリシテイルワイ、ト考エタ。頭ガ非常ニツカレテイタ。コレダケノコトデ、コンナニ頭ガツカレルトハ、ナントソマツナ頭ダ。

憲兵ノ軍曹ガ、入ッテキタ。

これは、二百九日にわたる日記の中で最も長い四月四日の記述の一部である。さらに、四月十四日には、「筑波日記」の圧巻とも言える「戦争と文学」の問題についての考察が展開される。


戦争ノハナシ。戦争ノハナシ。マッチ箱ノ大キサノモノデ、軍艦ヲ吹ットバス発明ガナサレタハナシ。イイカ。イイカ。

ミタミワレ。イイカ。イケルシルシアリ。アメツチノ。サカエルトキニアエラクオモエバ。イイカ。

ボクガ汗ヲカイテ、ボクガ銃ヲ持ッテ。

ボクガ、グライダァデ、敵ノ中へ降リテ、
ボクガ戦ウ。

草ニ花ニ、ムスメサンニ、

白イ雲ニ、ミレンモナク。

チカラノカギリ、コンカギリ。

ソレハソレデヨイノダガ。

ソレハソレデ、ボクモノゾムノダガ。

ワケモナク、カナシクナル。

白イキレイナ粉グスリガアッテ、
ソレヲバラ撒クト、人ガ、ミンナタノシクナラナイモノカ。

モノゴトヲ、アリノママ書クコトハ、ムツカシイドコロカ、デキナイコトダ。書イテ、ナオ、ソノモノゴトヲ読ンダ人ニソノママ伝エルコトニナルト、ゼッタイ出来ナイ。

戦争ガアル。ソノ文学ガアル。ソレハロマンデ、戦争デハナイ。感動シ、アコガレサエスル。アリノママ写スト云ウニュース映画デモ、美シイ。トコロガ戦争ハウツクシクナイ。地獄デアル。地獄モ絵ニカクトウツクシイ。カイテイル本人モ、ウツクシイト思ッテイル。人生モ、ソノトオリ。


みごとなリアリズム文学論である。あの太平洋戦争の最中に、これほど明快に戦争を否定した文学論があっただろうか。文学者がいただろうか。いわんや、戦争讃歌の大合唱を指導した詩人たちにおいてをやである。たとえば、西條八十は、西筑波飛行場での僚隊である東部一一七部隊の隊歌の作曲までしているらしい（『続・陸軍航空の鎮魂』二五九ページ、藤井東吾「幻のグライダー部隊」による）。

一、世紀の嵐吹き荒ぶ
大空戦の真中に
うぶ声挙げし空挺の
新鋭空の奇襲隊
ああ我等百十七部隊

二、筑波を仰ぐふるさとに
挺身兵の意気高し
鍛えし技は闘魂は
御陵威に開く桜花
ああ我等百十七部隊

詩人西條八十が作曲をした（作詞は飛行戦隊の一見習士官）という記述には首をかしげるけれど、何らかの係わりがあったのであろう。ともかく、軍都と称した当時の筑波山麓には、このような歌が鳴り響いていた。竹内の所属した東部一一六部隊の隊歌は、山本春一大隊長が作ったらしいが、歌詞は不明である。ただ、二月五日にこんな記述がある。

「夜ハ軍歌演習。マイバンデアル。大隊長ノ作ッタ滑空部隊ノ歌ノケイコデアル。コノ歌ハナカナカ上手ニ作ッテアル。部隊歌ノ形ニオサマッテ、オモシロミハスコシモナイケレドモ、ヨク作ッテアルト思ウ。ボクニハ作レナイ。」

竹内浩三は、この最後の一句をどのような思いで書いただろうか。彼は、けっして軍歌を嫌ったわけではない。吉沼小学校にいた時も、音楽室で「空の神兵」をオルガンで弾いて、子供たちと一緒に歌ったりしている。

藍より蒼き　大空に　大空に
たちまち開く　百千の
真白きバラの　花模様
見よ落下傘　空に降り
見よ落下傘　空を征く
見よ落下傘　空を征く

梅木三郎作詞・高木東六(たかぎとうろく)作曲である。昭和十七年二月、パレンバン奇襲作戦の成功を記念して作られた記録映画の主題歌として全国的に大ヒットした歌である。この例のように、戦中の歌はことごとく国民の戦意高揚のために作られ、それを歌うことによって国民は、戦争の本質どころか現実の戦況すら見失ってしまった。詩人も作曲家も、そのために総員されていたのである。竹内浩三は、そんな歌を「ヨク作ッテアル」と思っただろう。たしかに、「作りもの」としての出来栄えの良さに感心したかもしれない。しかし、「ボクニハ作レナイ」のである。戦争の本質を「地獄」と見るリアリストの精神には絶対に作れないものなのである。軍隊という「箱の中の地獄」では、まださまざまな人間喜劇が演じられている。自分も一兵士という端役を演じながら、その地獄を逃れる夢を、生への淡い希望を持ちつづけねばならない。悲しいピエロである。

「隊長室へ入る作法と云うやつはなかなかむつかしい。ノックする。戸をあける。まわれみぎをして、戸をしめる。またまわれみぎして、けいれいして、中隊当番まいりましたと云う。まわれみぎは二度するだけだけれども、なんどもくるくる廻るような気がする。そして、それがワルツでもおどっているようでたのしい気さえする。その場で、入ったものと、出ようとするものとがかさなって、二人でくるくるまわりをやるなどは、たのしいものでもある。」

（五月八日）

竹内浩三は、このように自ら端役を演じながら、それを逐一記録していく。いつなんどき、その記録を中断されて、戦場へ連れ去られるかもしれない。そうなったって、人と人とが殺し合う阿鼻叫喚の修羅場をこの目を通して描きたい。六月八日には、その決意を誌している。

ぼくのねがいは
戦争へ行くこと
ぼくのねがいは
戦争をかくこと
戦争をえがくこと
ぼくが見て、ぼくの手で
戦争をかきたい
そのためなら、銃身の重みが、ケイ骨をくだくまで歩みもしようし、死ぬることすら
さえ、いといはせぬ。
一片の紙とエンピツをあたえ（よ。）
ぼくは、ぼくの手で、
戦争を、ぼくの戦争がかきたい。

この覚悟は、すでに第一冊を書いているときから定まっている。その裏表紙の扉の一隅

に小さな字で書きとめられた次の三行は、いわば竹内の心の奥底から吐き出された本音の結晶とも言える。

赤子
全部ヲオ返シスル
玉砕　白紙　真水　春ノ水

赤子（せきし）とは、天皇を親に見立てて、国民はみなその子供である、という意味であり、国民の生命はすべて天皇から預けられたものという当時の思想が背景にある。戦死とは、その生命を天皇に返すことであり、したがって玉が砕けるように、いさぎよく死なねばならない。すると、純白の紙のように真水のように、春の水のようにすがすがしい。ぼくは、文字どおりにはこう解釈するのだが、この言葉の裏には、浩三の深い怨念が込められているように思われてならない。かけがえのない生命を奪われるなら、天皇とも国家ともすべての関係はなくなる。銃も軍装もすべてをお返しする。そうすれば、生まれたままの自分、本当の人間としての自分に帰ることができる。だから、今からその心境に立って戦争という地獄の実相を見つめていく、そして生命ある限り、それを書きつづけるであろう――竹内浩三は、そう言いたかったのではないだろうか。

三　「筑波日記」中断・その後

第二冊目「みどりの季節」は、後に十枚ほどの白紙を残して、なぜか突然中断している。中井利亮氏あての「手帖いっぱいになるたびに家に送っている。二冊送った」（傍点は引用者）という文面とは少し矛盾するような気もする。けれども第二冊目がどのようにして兵営から持ち出されたかを知る手がかりは、これ以外にない。しかし、松島こうさんには、二冊目が手元に送られてきたという記憶はない。親戚の大岩保氏が筑波へ面会に行かれたときに持ち帰られたという説もあったが、それも当の大岩氏によって否定された。こうなると、もはやその経路を解明することはできそうもない。ともかく、昭和二十三年夏に中井利亮氏が『伊勢文学』第八号を「竹内浩三特輯号」と銘打って出されたときには、氏の手元に二冊とも揃っていたのである。

「筑波日記」の取り扱いを竹内浩三自身が慎重にしたであろうことは、その内容からして十分に想像できる。とくに、第二冊目の七月二十二日の記載は、もし上官の目にふれたらと思うと、背筋が寒くなる。（「筑波日記」の二冊目はカタカナでなくひらがなで書かれている。）

「ところで、話はかわるが、サイパンがやられ、東條内閣がやめになった。一体これはどう云うわけか。「政治に拘わらず」と勅諭に云われているし、ぼくは、もともと、政治には、ぜんぜん、趣味のないおとこで、新聞などでもそんなことは、まったく読んだことがなかったから、そう云うことに口をはさむシカクはないのだけれども、東條と云う人は、あまり好きでなかった。山師のような気がしていた。そして、こんどやめたと云うことも、無責任なことのように思えてならない。」

軍法会議でどのような罪に当たるかは知らないけれど、おそらく営倉入りだけではすまないだろう。こんな危険な手帳をどのようにして郷里の安全な場所へ届けるべきか、竹内は苦心したにちがいない。第一冊目のように宮沢賢治の本の中へ埋めこんで送るというぐらいの工夫ではなかったと思う。いずれにしても、幸いそれはどこかで終戦を迎えたのである。七月二十七日でぷっつりと中断し、かなりの余白を後に残しているのも、その危険な脱出策と関係があったような気がしてならない。

中井利亮氏に「よろこんでくれ。まだつづけている」と書いているのが事実とすれば、当然第三冊目が書かれていたことになる。同じような手帳で、そして七月二十八日からフィリピンへ向かった十二月初めまで毎日書きつづけていたとすれば、それももういっぱいになっていたはずである。ひょっとしたら、まだどこかに埋もれているかもしれない。しかし、そんなことは、いくらせんさくしてみても、期待してみても、詮方もない。その後いったん中井氏の手元で行方不明となっていた第二冊目が、全集編纂中にひょっこり中井家の土蔵の中から発見された幸運をこそ、むしろ喜ぶべきであろう。

それはさて、「筑波日記」の終わりに近い日に部隊から投函した姉宛ハガキ二通が、ぼくにはきわめて興味深い。

「モウコレ以上ノレナイト言ッテイルニモカカワラズ、ソノ上ニ、モウ十人ホドモ兵隊ガノッタ。バスノ中ハ、チョウドウナギノカゴノ中ノヨウニ、兵隊ガクネリクネッテ、暑気ガウンウンシテイタ。バスガソノ目的地ノ小サイ町ニツクト、兵隊ハ、キャラメルノヨウニ、バスカラコボレオチタ。バスノ中ハ、風ガコロゲテイタ。バスノ車掌ガ気ガツクト、カタスミニ巻脚絆ヲマイタ兵隊ノ足ガ、風ノ中ニ忘レテアッタ。

夏ニナルト、コンナバカゲタ譚(ハナシ)モ、ウマレルデアロウト考エマス。」（七月十七日）

葉書の限られたスペースの中に鉛筆でていねいに書きつけられている。書き直しはまったくない。すばらしい文章だと思う。ぼくは、おそらく直前の休日であった十四日に書かれたものと推定する。その日の「筑波日記」に「外出した。十一屋にあずけてあった『宮沢賢治覚え書き』を持って、バスにのった」と記されているからである。そして、「ひとり、中学校の校庭へきて、桜の下で、本をひろげた」、その時に書かれたものと想像する。けれども、この片足喪失の感覚は浩三自身の体験であって、すでに一月十九日に「下妻マデノバスハ、モノスゴク満員デアッタ。コンナ満員ノバスニノルノハ、ハジメテデアル。自分ノ足ヲ失イソウデアッタ」と書いている。竹内浩三の特異な感覚とその感性の持続力から生まれたメルヘンである。

この試みに自信を得たためか、一日おいて七月十九日には次のような小話を葉書いっぱいにびっしりと綴っている。

ハガキ小説第二（ホンノササイナヒマヲミテ、コンナハナシヲマイニチ書クコトニシタ。ハガキヲナクサナイヨウニ、ダイジニシテ下サレ。）

鳥ト話ヲスル老人

筑波山麓ニ、小鳥ト話ヲスル老人ガイルト言ウノデ、休ミノ日ニ、会イニ行ッタ。西洋ニエライ坊サンガイテ、ソノ人モ鳥ト話ヲシタソウダガ、コノ老人モ又ソンナフシギヲヤルノカト思ッテ見テイルト、話シダシタ。ヒバリノヨウナ小鳥デ、ピイチクピイト言ウト、老人ハロヲスボメテ、パアチクパアト言ッテ、ドウデスコノトオリト、ボクニジマンソウニシ、又パアチクパアパアパア言ッタ。一体ソレハ人間ノコトバニスルトドウ言ウ意味カ、ソレヲ教エテモラワンコトニハカンシンモデキヌデハナイカト言ウト、西洋ノコトバヲ日本語ニ訳スルノトコノコトヲ同ジヨウニ考エルトハ、小鳥ニ長グツヲハカセルヨウナバカゲタコトデスワイト、笑ッテイタ。

このころは連日、斬り込み隊員としての剣術訓練やタコツボ（防空壕）づくりで多忙である。「汗みどろ」という言葉がつづいている。十九日の書き出しも「西にはしり、東にはしり、茶をわかし、炎天のもと、汗みどろ」となっている。そんな苛酷な条件の中で、よくもまあこんな他愛もない空想譚が生まれることだと思う。浩三の心根のやさしさが小鳥や小動物に向けられることは、これまでにもよくあった。たとえば、三月四日は「飛行場デ、ウズラヲ追ッテイタ。一羽トッタ」と一行だけ書かれている。また、

「きのう、小ねずみを見つけた。ズボンのポケットに入れていた。夕食のオカズのジャガイモを一きれやった。おびえていて、たべなかった。雑嚢へ菓子のかけらと一緒にいれておいた。

きょうの夜間演習に雑嚢へいれてつれていった。松林の中で出したら、一もくさんににげていった。風の強い夜であった。」（五月十一日）

こんな神とも呼びたいような、底なしのやさしさが、そもそも軍隊に向くわけがない。しかし、彼は、最後までそこから逃げようともせず、また逃げるすべもなかった。いや、筑波時代にも一度だけ「青木理氏ノ住所ヲ、オシエテホシイ」と姉に書いている（三月三十日）が、それはそれだけのことだった。そして、この非人間的組織の中で、自己の人間としての資質、すなわち思考や感情や感覚をそのまま保ちつづけようとした。どんな苛酷な条件の中でも鉛筆を放さず書きつづけることによってそれはかろうじて可能となった。詩も日記も手紙も、その意味で彼にとっては同じ一つの行為だった。だから、その自己救済の行為は、おおむね現実の非人間的世界を映し出し、告発しているようにさえ見える。

けれども、時としてその現実があまりにも醜悪なとき、言葉は現実に叛逆して世界を遊離してしまうことがあるのではないだろうか。ぼくは、むしろそこに竹内浩三の卓越した文学的天性を見る。久居の兵営で書かれたと思われる「花火」や「伝説の伝説」、「ソナタの形式による落語」につづいて久しぶりに登場したこの荒唐無稽の小説が、一枚の葉書という枠の中でしか書かれなかったことは悲痛だが、それだけでも十分に竹内浩三の天才は証明されていると思うのである。

現存する「筑波日記」以後の遺稿は、もうわずかしかない。封書が一通と葉書が五通だけである。姉宛の封書は、営外から無検閲で出されたもので、現金五十両（円）を千人針などの中に忍ばせてほしいという内容のものである。一通の姉宛葉書は、「ナンニモ書クコトガアリマセヌ。シタガッテ、ハガキガ半分アクワケデナ」と無気力に終わっている。残りの四通は、すべて野村一雄氏宛のものである。香川県豊浜町の船舶部隊に幹部候補生として入隊していた野村氏には、筑波山麓の秋の風景を竹内らしい美しい文章でつづっている。それがかえって、竹内の内に秘めた悲痛な思いを伝えているように見える。

「雨ガヨクフル。雨ノタビニ秋メイテクル。筑波ノ空ノ色ガ、カワッテキタ。雨ガ、空ヲ洗ッテ、キンキラ光ル。秋空ノ用意ヲシテイルワケデアル。雨ト一緒ニ、秋ガフッテクル。南瓜ノ葉ノウラヤ、干シタシャツノカクシニ、秋ガキテイル。」

（八月二十七日）

「コナイダノ大嵐ガサイゴデ、ドウヤラ、雨季ガスギタヨウデアル。スルト、コレカラ、マイニチ、クシャミノ出ルヨウナマブシイ光ガミナギリ、富士山ヤ上越ノ山々ガ、薄原ノムコウガワデ、雲トアソブノデアル。」

（十月十五日）

迫りくる遠い南の戦地への派遣を、詩人はもう予感しているかのようである。深い諦念がにじんでいる。そして、九月初旬、宇治山田中学の同級生風宮泰生（かぜのみややすお）の死を知ったときには、大きな衝撃を受ける。風宮氏は、竹内が入隊した後に『伊勢文学』同人となった人で、第六号に竹内の「伝説の伝説」と同じ牛鬼坂由来記を随筆風に書いている。早稲田大学在学中、学徒動員で出征した日には、ちょうど帰郷していた竹内が駅頭まで見送っている。それから一年もたたぬうちに満州で戦病死したのだ。野村一雄氏から報せを受けた竹内は、すぐに返信を認（したた）める（九月十一日）。竹内浩三の多くの美しい手紙の中で最も心のこもった一通である。

ハガキミタ。

風宮泰生ガ死ンダト。ソウカト思ッタ。胃袋ノアタリヲ、秋風ガナガレタ。気持ガ、カイダルクナッタ。参急ノ駅デ、風宮ヲ送ッタ。手ニ、日ノ丸ヲモッテイタ。ソレイライ、イチドモ、カレニタヨリヲセンダシ、モライモシナカッタ。ドコニイルカモ知ラナンダ。ソレガ死ンダ。トンデイッテ、ナグサメタイ。セメテ、タヨリデモ出シテ、ナグサメテヤリタイト。トコロガ、ソノカレハ、モウイナイ。消エテ、ナイノデアル。タヨリヲシテモ、返事ハナイノデアル。ヨンデモ、コタエナイ。ナイノデアル。満洲デ、秋ノ雲ノヨウニ、トケテシマッタ。青空ニスイコマレテシモウタ。

秋風ガキタ。

オマエ、カラダ大事ニシテクレ。

虫ガ、フルヨウダ。

頓首

そして、尽きせず湧き起こる悲しみを詩に書いて野村氏へ送る。竹内浩三最後の詩である。

山田ことば

満州というと
やっぱし遠いところ
乾いた砂が　たいらかに
どこまでもつづいていて
壁の家があったりする

そのどこかの町の白い病院に
熱で干いた唇が
枯草のように
音もなく
山田のことばで
いきをしていたのか

ゆでたまごのように
あつくなった眼と
天井の
ちょうど中ごろに
活動写真のフィルムのように
山田の景色がながれていたのか

あゝその眼に
黒いカーテンが下り
その唇に

うごかない花びらが
まいおちたのか
楽譜のまいおちる
けはいにもにて

白い雲が
秋の空に
音もなく
とけて
ゆくように

見知らぬ遠い異国で一足先に戦死した友への、せいいっぱいの鎮魂歌である。

竹内浩三の絶筆は、いまのところ、もう一枚の野村一雄氏あて葉書である。生涯もっともいとおしく思っていた女性への宛名を消して親友に出したもので、その前半はすでに紹介した（七一ページ参照）。その後半は、次のとおりである。

サテ、ハガキ、ウレシク、拝読イタシタ。筑波ノ山モ、上ノ方ガ赤ランデキテ、秋スガタデアル。ハガキモフソクデアルガ、タバコモフソクスル。ソレデ、オレハ、七日ノ日ヲモッテ、タバコヲ止メタ。キミモ、ボクノタバコ好キサハ知ッテイルハズ。一日二三ハコモ四ハコモスッテイタ。ソレガ、フッツリトヤメタ。ヤメヨウト思エバヤメラレル。生理的ナ苦痛ハナイガ、精神的ナサビシサガ、トモナウ。タバコトイウモノガ、ハナハダ重要ナタノシミデアッタコトガ、ワカッタ。今年一パイハヤメテ、来年ノ正月カラ、マタフカス。ケツノアナカラヤニガ出ルホドフカシテ、元旦ヲ祝ウツモリ。

十一月七日以後の手蹟であることは確かだ。しかし、翌二十年の元日には、竹内上等兵はすでにフィリピンのルソン島に上陸して、米軍との死闘の中に巻き込まれていた。

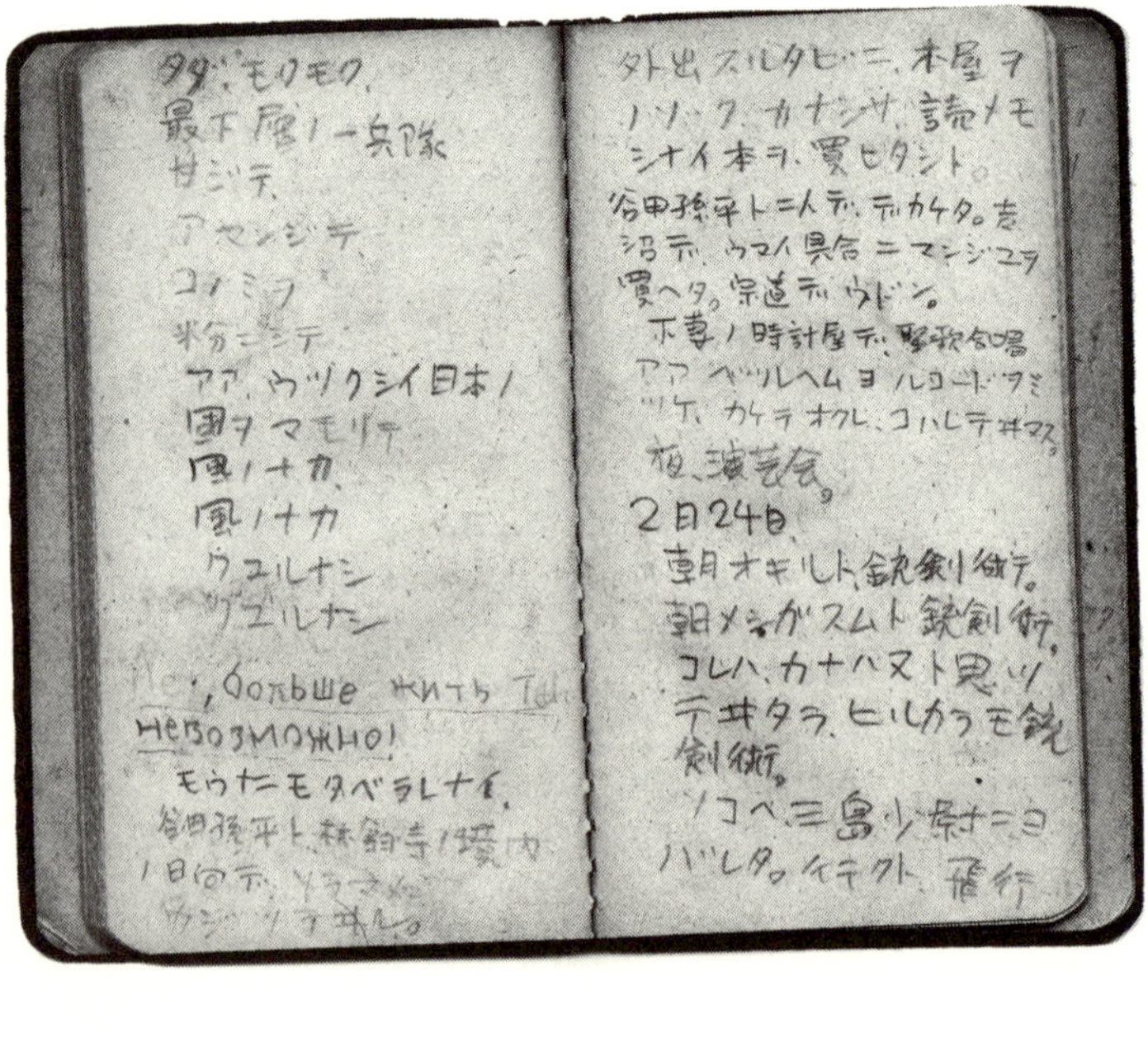
タダ、モクモク、
最下層ノ一兵隊
甘ジテ、
アセンジテ、
コノミヲ
粉ニシテ
アア、ウツクシイ日本ノ
国ヲマモリテ
風ノナカ、
風ノナカ
ウエルナシ
ウエルナシ
больше жить
невозможно!
モウナニモタベラレナイ。
外出スルタビニ、本屋ヲ
ノゾク。カナシサ、読メモ
シナイ本ヲ、買ヒタシト。
谷田孫平ト二人デ、デカケタ。志
沼デ、ウマイ具合ニマンジユウヲ
買ヘタ。宗道デ、ウドン。
夜、演芸会。
2月24日
朝オキルト、銃剣術。
朝メシガスムト銃剣術。
コレハ、カナハヌト思ッ
テヰタラ、ヒルカラモ銃
剣術。
ソコヘ三島少尉ニヨ
バレタ。

第五章　「骨のうたう」——無名兵士の有名な詩

同級生で最初に戦死した風宮泰生の出征壮行会（前列右より6人目が浩三）

一　「骨のうたう」の復活

竹内浩三は、第二次世界大戦末期に斬り込み隊員としてルソン島に投入され、戦死した。わずか二十三歳十一ヶ月の生涯であった。そして、戦後、「骨のうたう」という一編の詩が、いわば作者から離れて一人歩きしながら、徐々に竹内浩三の名を世間に知らしめてきた。ぼくがこの詩に出会ってからも、すでに三十年の歳月が過ぎたが、その当時すでに「骨のうたう」は、第二次大戦中に戦死した無辜の民の声を代表する絶唱と言われ、知る人ぞ知るであった。

　この詩が最初に発表されたのは、一九五六（昭和三十一）年、限定二百部の私家版『愚の旗』（中井利亮編）である。しかも同書の第一部「詩」の最後の方に入れられていた。それが世間一般に知られる最初のきっかけをつくったのは、松阪市編『ふるさとの風や――松阪市戦没兵士の手紙集』（一九六六、二一書房刊）であり、私家版から十年が経過していた。当時の松阪市長梅川文男は、市制施行三十周年事業の一つとして「太平洋戦争で死んだ松阪市民約四〇〇〇名」の声を集約した手紙集の出版を企画し、一九六四年夏から市の広報紙を通じて市民に呼びかけていた。それに応えて、「二二五名の手紙・手記一、五二〇通が遺族の厚意によって集められた。」

すでに戦没学生の文集『きけわだつみのこえ』は、東大出版会版のほかに光文社カッパ・ブックス版が第二集を加えて広く読まれていた。さらに、同書を批判し補完するかたちで岩手県の『戦没農民兵士の手紙』が岩波新書で出版され話題となっていた。

松阪市長梅川文男は、戦前からの社会運動家であるが、同時に文人市長として兵庫県知事阪本勝（さかもとまさる）と並び称せられた人物であり、自らも詩を書いていて、死後に遺稿詩集がまとめられている。彼の手紙集編集の意図は、岩手農民兵士の手紙に触発られたものらしく、序文でこう述べている。

「この書は〝英霊〟の赫々たる武勲をたたえ回想しようとするものではない。〝神兵〟といい〝英霊〟という、むなしく美しい言葉によって、切なる家族の思いとは別に、こともなげに抹殺され埋没させられていった、なくなった人たちの素朴、純情であたたかい人間性を探究すること。そしてどんなに美しい、もっともらしい口実や理屈や理論をつけようとも、他国を傷つけ侵略するような戦争には反対し、平和をどのように維持していくかを静かに思い考え、静かに不再戦の決意を持つ手がかりともなり得たら、との発想からの企画である。」

そして農家出身兵士の、たとえば「体に気をつけて下さい」という紋切型の挨拶の行間にも「おかあさん！」という絶叫を聞くことができるし、「元気でいるか」の月並みな一句の裏にも、残してきた妻や子を抱きしめたい強烈な衝動を読み取ることができる、とも述べている。

さて、竹内浩三の姉松島こうさんは、戦前に伊勢市の竹内家から松阪市の松島家へ嫁いできていた。広報紙「まつさか」の呼びかけを見た彼女は、市の編集委員会へ私家版『愚の旗』一冊を届けた。おそらく浩三が伊勢市の出身であることへのためらいがあったことと思う。ところが、市長はじめ委員たちはその中から「骨のうたう」を見出して等しく強い感動をおぼえたという。「だまって　だれもいないところで　ひょんと死ぬるや」。これこそ「自己の真情をありのままに述べる自由もなく、また表現する能力を持たなかった素朴、純情な戦没市民」の絶望感をみごとに代弁した言葉であるとして、「骨のうたう」を巻頭に掲げることに即決した。当初は書名も『骨のうたう』にすることが有力であったという。しかし、戦後二十年を経ていたとはいえ、当時はまだ戦争体験者の声が強く、とりわけ靖国の「英霊」を「骨」と呼ぶことには納得できない遺族会の強い反発もあって、書名はこの詩の一行を採って『ふるさとの風や』に落着したといわれる。

とにかく、新書版という手軽な形で一九六六年に刊行された『ふるさとの風や』は、「骨のうたう」という一編の詩が地元伊勢地方だけでなく、広く各地の人々の眼にふれる機会をつくり、全国の具眼の士の共鳴と感動の輪を少しずつではあるが着実に拡げるきっかけとなったのである。なかでもすでに故人となられた関西在住の二人の詩人、足立巻一氏（元神戸女子大学教授）と桑島玄二氏（元大阪芸術大学教授）は、竹内浩三研究の大先達である。

かなり前から毎日放送の「眞珠の小箱」というテレビ番組の常連出演者であった足立巻一氏は、戦前国立大学であった現在の皇學館大学の卒業生であり、また本居宣長の長男春庭（はるにわ）の研究者であったので、仕事の合間にしばしば松阪市を訪れていた。そして、当時市長公室長として梅川市長の秘書役をつとめていた高岡庸治（たかおかつねはる）氏（後に本居宣長記念館長）から『ふるさとの風や』を手渡され、「何気なくページを開き、巻頭の詩に目をとおした途端、凝然となった」という。その時の衝撃を、後年こう説明している。

「これはまるで戦後をすでに透視しているようではないか。職業詩人たちによってかつておびただしい戦争詩が作られたけれど、この〈骨のうたう〉ほどに痛烈に戦争を批判し、戦後を見抜いたものは一編もなかった。」

けれども、足立氏はそのころ発見された本居春庭関係の新資料をもとに神戸の同人雑誌「天秤」に春庭の評伝を執筆中であった。その作業はやがて一九七四年に『やちまた』（上下二巻、河出書房新社刊）九〇〇ページの大作となって結実し、その年の芸術選奨を受賞する。それはさて、彼は松阪市におけるもう一つの発見である竹内浩三とその詩の調査を同じ「天秤」の同人である桑島玄二氏に委ねた。足立氏から『愚の旗』と『ふるさとの風や』を受け取った桑島氏は、ちょうどビルマ戦線で発狂死した詩人森川義信（もりかわよしのぶ）の遺作を中心に戦時下に書かれた詩を再評価する仕事に没頭していた。彼もまた竹内浩三の詩、とりわけ「骨のうたう」から大きな衝撃を受け、それまで難渋していた『兵士の詩——戦中詩人論』を一九七三年に完成することができた。つづいて一九七八年には、竹内浩三に焦点をしぼった『純白の花負いて――詩人竹内浩三の〝筑波日記〟』を前著と同じ理論社から出版した。

桑島玄二氏の視点は、戦時中の職業詩人たちの戦争讃歌を批判し弾劾することにあった。そして、むしろ無名兵士たちの詩の中に人間の真実の叫びを見出そうと詳細な検討を加えていた。それゆえ桑島氏にとっては、新しく出現した竹内浩三という無名兵士の詩をどう位置づけるかが最初から問題であった。「国民詩」、「愛国詩」一色になっていた戦中詩壇の全くの埒外にあって、当時の文学青年たちが心酔した保田與重郎を中心とする日本浪曼派の思想とも無縁であり、「鬼畜米英」、「一億一心」といった国民精神総動員運動のスローガンにも全く洗脳されていない、そんな竹内浩三は、類例のない存在として評価するしかなかった。そこで、桑島氏は『純白の花負いて』の「あとがきに代えて」の中で、「わたし自身をもう一度戦中に引きずりこむことにより、竹内がいかにすぐれた詩人であったかを鮮明にしようとしたのであった。戦中の詩壇は、いわばバックスクリーンの役目を果たすわけである。」と書いた。

足立氏は、すでに松阪市で松島こうさんから紺紬の風呂敷包みを預り、それを桑島氏に手渡していた。そこには姉が戦後ずっと大切に保管していた弟浩三の遺稿の大半が入っていた。まんが回覧雑誌の合本や『伊勢文学』や姉あての手紙類の束や「筑波日記（一）――冬から春へ」の手帖などである。その中で、桑島氏が着目したのは、当然のことながら、浩三が軍服を着て兵士となってからの詩群であり、とりわけ筑波山麓の滑空部隊へ転属してからの「筑波日記（一）」であった。

こうして、自らも従軍体験があり戦後に詩人として関西で活躍した足立・桑島両氏の尽力によって、竹内浩三は「戦没詩人」として世に認知されるようになったと言える。そして、両氏ともに竹内浩三に「厭戦詩人」とか「反戦詩人」とかの肩書きを付けたことはないのだが、世間（ジャーナリズム）では、それ以後八月十五日が近づくとしばしば「骨のうたう」が取り上げられ、与謝野晶子の「君死にたまうこと勿れ」を反戦詩と呼んだように、時として「骨のうたう」にも「反戦詩」のレッテルが帖られるようになった。一九八二年七月、足立巻一氏は自分の鹿児島県指宿（いぶすき）での戦争体験を一冊の本にまとめ『戦死ヤアワレ――無名兵士の記録』と題して新潮社から上梓した。その最終章に、これまでぼくが辿ってきたような氏の竹内浩三との出会いの経緯が書かれている。

ぼく自身が竹内浩三の名を知り、「骨のうたう」を初めて目にしたのは、実はその年の七月十七日のことである。七月十五日に中学・高校と机を並べていた親友西川勉（にしかわつとむ）が急死した。ＮＨＫチーフディレクターとして長年教養番組の制作をつづけてきた彼が新大阪駅のホームで心不全のため急死したという報せを受けて、ぼくはその日の深夜に八王子の西川家へ駆けつけ、奥さんも長男も大阪へ発った後の留守番をしながら、葬儀の準備に追われていた。それが一段落して、彼の寝室で仮眠から目覚めた時、ふと傍の机の上を見ると、そこに私家版『愚の旗』が開かれたまま置かれていた。「骨のうたう」のページだった。西川が竹内浩三の取材のために伊勢と大阪へ行ったことをようやく思い起こして、食い入るようにその詩を読んだ。その時のぼくの想いや感情はここでは省略する。思えば、その日以来ぼくは、西川がやり残した仕事を受け継いできたのかもしれない。彼は死の一年半前すでに桑島玄二氏を松阪市での文化講演会（一九八一年三月放送）に招いて「ある無名戦士の死」と題して話してもらっているし、足立巻一氏とは死のわずか四日前に東京のホテルで会って『戦死ヤアワレ』のゲラ刷りを拝見している。そんないきさつを思うと、彼がいわば中継ぎに入って、桑島・足立両氏のバトンをぼくに渡していったような気もする。だが、倒れた時に西川が携帯していた鞄には幸い放送台本と録音テープが入っていて、ＮＨＫの同僚ディレクターたちの熱心な助力によって、その番組は、西川の死後、八月十日午後九時から四十五分間の夏期特集ラジオ番組「戦死やあわれ——ある無名戦士の青春」と題して全国に流された。朗読は江守徹氏と加賀美幸子さんが担当した。見事な朗読であった。

そのころ、作家の森村誠一氏は大作『青春の源流』を執筆していたが、その第四巻「遡行篇」の完結を「骨のうたう」で飾り、「私は、この詩に出会うために四年間この作品を書きつづけてきたような衝撃を覚えた」と書き加えた。

ぼくは、まず西川勉の遺稿と追悼文を一冊の本にまとめるべく全力を傾注し、多くの協力者と編集作業を進めた。ようやく一周忌の「西川勉を偲ぶ会」に間に合わせたが、その書名も『戦死やあわれ——ある無名ジャーナリストの墓標』と題するよりなかった。その仕事を終えると、ぼくはすぐに松阪市の松島こうさんを訪れた。（一度めは、福沢一郎画伯に装丁していただいた私家版『戦死やあはれ』を、二度めはその市販版を持参したから、三度めであったと思う。）竹内浩三作品集の出版を打診し、足立氏と同じように紺紬の風呂敷包みをお預かりした。ぼくは、西川の放送台本を見た時から、桑島氏が『純白の花負いて』で紹介した「兵士の詩」よりもそれ以前の「青春の歌」（「五月のように」から「雨」や「冬に死す」に至る作品）に魅力を感じていた。未発表の詩が、すぐに十編ほど見つかった。しかし、それ以上に軍事用箋に書かれた「花火」や「ソナタの形式による落語」などの幻想的な短編小説が現存しているのに気づいた時は、うれしかった。ぼくは、「単行本になるぞ」と確信を持って『戦死やあはれ』を出してくれた新評論の藤原良雄（ふじわらよしお）編集長（現藤原書店社長）と交渉した。彼の返事は、予想を越えて「作品集ではなく、全集でいこう。」であった。ぼくは、竹内の旧友たちとも会ってさらなる遺稿の探索をお願いした。そのおかげで、それまで従兄の家で空襲のため焼失したとか、竹内自身が焼却したとか言われていた『筑波日記（二）——みどりの季節』が中井利亮氏の蔵の中からひょっこり出現した。念願のフランス旅行に出ようとしてヴェルレーヌの原書を探していたとき、その下から現われたと聞く。そのことをぼくは早速神戸の足立氏に電話した。足立氏は、まもなく「思いがけぬこと」という一文を東京新聞に寄せて「焼失したと信じこんでいた、戦没学徒兵竹内浩三の「筑波日記」の第二冊があらわれたという電話を受けたとき、一瞬ことばを失った。」と書き出している。

第二冊めの手帖は第一冊めの日付の翌日(一九四四年四月二十九日、当時の天長節)から七月二十七日まで、第一冊同様一日も欠かさずに書かれているから、同年元旦から通算すると二百九日間になる。陸軍の虎の子部隊とも言われた挺進(ていしん)第五聯隊(爆撃機に曳航されたグライダーに搭乗して敵地深くに着地し、敵の戦略要点を確保する任務を持った歩兵部隊)の猛訓練の中で、それは上官の目を盗んで、多くは夜間に便所の中で書かれた。六月八日の頃にはこう書いてある。

「ぼくのねがいは
戦争へ行くこと
ぼくのねがいは
戦争をかくこと
戦争をえがくこと
ぼくが見て、ぼくの手で
戦争をかきたい
そのためなら、銃身の重みが、ケイ骨をくだくまで歩みもしようし、死ぬることすらさえ、いといはせぬ。

一片の紙とエンピツをあたえよ。

ぼくは、ぼくの手で、
戦争を、ぼくの戦争がかきたい。」

足立巻一氏はこの箇所を引用して、次のように寄稿文をしめくくった。

「彼は単なるニヒリストでも、厭戦家でもなかった。真実をあくまで自分の目で確かめ、それを死をかけても表現しようとする強い意志を持った詩人だった。彼はきっとフィリピンで第三冊の日記を書きつづけていたのにちがいないが、こればかりは彼の死とともに滅んだであろう。ああ。」

最初の『竹内浩三全集』は、こうして第一巻『骨のうたう』と第二巻『筑波日記』を同時に（一九八四年七月二十五日付）出版する運びとなった。

話はとぶが、二〇〇一年十一月末、長年の念願であった『竹内浩三全作品集（全一巻）日本が見えない』を藤原書店から出版した時、巻頭の「はしがき」で、「今年の七夕の日に、ぼくは松阪市の松島家の書庫の中で、偶然未発表の二編の詩と出会った。『日本が見えない』と『よく生きてきたと思う』は、竹内浩三の絶唱として知られる『骨のうたう』の原型と同時期に作られたと推定される。しかし、これらは『パウル・ハイゼ傑作抄』という日大映画科在学中のドイツ語読本の余白にひそかに書かれていて、これまで六十年間誰一人知る者がなかった」と書き、新発見の「日本が見えない」の終節を掲げた。

「日本よ
オレの国よ
オレにはお前が見えない
一体オレは本当に日本に帰ってきているのか
なんにもみえない
オレの日本はなくなった
オレの日本がみえない」

『東京新聞』が早速十二月九日の朝刊で書評を出してくれたが、その評者である吉田文憲氏は、この詩から強い衝撃を受けて、こう書いた。

「この詩は今年の七夕の日に、偶然見つかったという。だがそれは、偶然だろうか。六十年も闇に埋もれていた詩人の骨が、自らの意志で、いま声を挙げた。竹内浩三は、昭和二十年四月、二十三歳でルソン島で戦死した。その〝遠い他国〟で心ならずも戦塵と化した詩人の骨が、二〇〇一年のいま、私たちにむかってなにかを訴えているのだ。(中略)たとえば、この詩のむこうには、アフガン空爆が見える。そこで連日の爆撃に打ち震えている無数の骨の、逃げまどう多くの人々の生命の叫びがある。「ひょんと死ぬるや」の〝ひょん〟という言葉が、なまなましい。そして痛ましい。」

詩人吉田文憲氏の詩人竹内浩三への理解が言わしめた「詩人の骨が、自らの意志で、いま声を挙げた」という表現をもってすれば、ぼくが十六年以前に二巻本全集を編集中「筑波日記」第二冊がひょっこり出現したのも「偶然」ではなく、「骨の意志」であったかもしれない。その吉田氏は「この全集一巻は、戦塵と化した骨の位置からの、人間の貴重な発信記録である。」とも言っている。

話を本稿の主題である「骨のうたう」に戻そう。この一編の詩は、じつに多くの人々の共感を呼んだ。評論家丸山照雄氏が「週刊読書人」にその現象を「二巻全集が刊行されると、朝日・毎日・読売をはじめ、各紙は書評欄だけではなくコラムにもとりあげて、それぞれの筆者が感想を記した。昨今の出版界においてはほとんど例外的なできごとであったといえるだろう。」と書いたが、そのほとんどは詩「骨のうたう」を取り上げていた。こうして、無名兵士が遺していった詩は、有名になったのである。

そのころから、あちこちで「骨のうたう」に曲がつけられ、歌われるようにもなった。松阪市出身の有名な歌手、田端義夫が沖縄で即興の弾き語りで歌って、そのことを松島こうさんに電話で報告したというエピソードもある。

二巻全集が出た翌年（一九八五）、東京の第一混声合唱団は、「骨のうたう」をレパートリーに加えた。作曲・指揮は岡田和夫氏である。そして、二〇〇〇年の第二十三回演奏会では「竹内浩三の詩による三つの合唱曲」として「骨のうたう」の他に「生まれたての姪へのハガキ」と「愚の旗」の二曲が加えられた。

また、横浜の小園弥生（こぞのやよい）さんというピアニストが舞台俳優の五月女（さおとめ）ナオミさんと組んで、三重県はじめ各地で「骨のうたう音楽会」を開いていた。その後も、音楽会や朗読会や演劇にと竹内浩三の詩は輪をひろげつつある。

二　二つの「骨のうたう」について

私自身、畏友西川勉の死と同時にこの詩に出会い、この詩によって竹内の心の純粋さにおのれの不純な心をゆさぶられ、こんなすばらしい詩が、無名の一兵士の手によって遺されていたことに驚嘆した。しかし、その後竹内の数々の遺稿に触れ、竹内の伝記を調べていくうち、「骨のうたう」の成立について若干の疑問を抱くようになった。

従来、この詩については桑島玄二『純白の花負いて』（一九七八年、理論社）二六ページ以下に詳細な考証がある。桑島氏は、中井利亮の私家版「あとがき」をそのまま引用して「この詩は、竹内が営外に出たときに、検閲の目をぬすんで、ひそかに中井利亮にあてた手紙の中にはさんであった。軍隊の通信用紙に書かれていたものである。そのときのかれには、空挺隊員としてフィリピンの戦場におもむくことが決められていた。」と書いている。

そして、『骨のうたう』には原型がある」として、一篇の異稿を揚げる。新カナに直して引用する。ここではそれを原型として上段に掲げ、それと対照させて私家版「愚の旗」に初出して以来世間に流布し歌われている補作型を下段に置くことにする。

骨のうたう（原型）

戦死やあわれ
兵隊の死ぬるやあわれ
とおい他国で　ひょんと死ぬるや
だまって　だれもいないところで
ひょんと死ぬるや
ふるさとの風や
こいびとの眼や
ひょんと消ゆるや
国のため
大君のため
死んでしまうや
その心や

骨のうたう（補作型）

戦死やあわれ
兵隊の死ぬるや　あわれ
遠い他国で　ひょんと死ぬるや
だまって　だれもいないところで
ひょんと死ぬるや
ふるさとの風や
こいびとの眼や
ひょんと消ゆるや
国のため
大君のため
死んでしまうや
その心や

苔いじらしや　あわれや　兵隊の死ぬるや
こらえきれないさびしさや
なかず　咆えず　ひたすら　銃を持つ
白い箱にて　故国をながめる
音もなく　なにもない　骨
帰っては　きましたけれど
故国の人のよそよそしさや
自分の事務や　女のみだしなみが大切で
骨を愛する人もなし
骨は骨として　勲章をもらい
高く崇められ　ほまれは高し
なれど　骨は骨　骨は聞きたかった
絶大な愛情のひびきを　聞きたかった
それはなかった
がらがらどんどん事務と常識が流れていた
骨は骨として崇められた

白い箱にて　故国をながめる
音もなく　なんにもなく
帰っては　きましたけれど
故国の人のよそよそしさや
自分の事務や女のみだしなみが大切で
骨は骨　骨を愛する人もなし
骨は骨として　勲章をもらい
高く崇められ　ほまれは高し
なれど　骨はききたかった
絶大な愛情のひびきをききたかった
がらがらどんどんと事務と常識が流れ
故国は発展にいそがしかった
女は　化粧にいそがしかった

ああ　戦死やあわれ
兵隊の死ぬるや　あわれ

骨は　チンチン音を立てて粉になった
ああ　戦死やあわれ
故国の風は　骨を吹きとばした
故国は発展にいそがしかった
女は　化粧にいそがしかった
なんにもないところで
骨は　なんにもなしになった

こらえきれないさびしさや
国のため
大君のため
死んでしまうや
その心や

この異稿は、竹内の創始した同人誌『伊勢文学』第八号（「竹内浩三特輯号」、推定一九四八年八月刊）に竹内の遺稿として載せられたものであり、末尾に「一九四二・八・三」と明記されている。ぼくは、まず次の点に疑問を抱いた。

一　竹内は、多くの作品をノートや原稿用紙は勿論手近な紙片に書きつけては姉の許へ送りつけていたが、一つの作品は、生み落されると同時に捨てられるようにして念頭を去るという型の詩人である。

二　竹内がフィリピンへ向かったのは一九四四年十二月一日であり、学生時代の作品に手を入れて、その完成稿を親友中井利亮に送ったとすると、当時中井もすでに士官として航空隊に服務しており、それがどのように検閲を脱れて入手され、保存されてきたのかわからない。

三　完成稿の初出は、中井利亮編『愚の旗――竹内浩三作品集』（一九五六年、私家版限定二百部）であり、同じ中井の編になる一九四八年の『伊勢文学』第八号に、どうして完成稿を保管していたはずの中井がそれを掲載せず未完の異稿のみを発表したのか。

以上のような疑問を解く鍵を握っている中井自身は、「竹内はすでに私にとって通過事項である」として多くを語らなかったが、それでも、「この作品だけは、自分が多少の手入れをした」ことと「『骨のうたう』の原稿は二つはなかった」ことを答えてくれた。

そこで、ぼくの推定にすぎないけれども、次の結論を以て、「骨のうたう」の成立史としたい。

一　従来未完の異稿とされていたものが、竹内の手になる唯一の「骨のうたう」である。たしかに、この方が桑島氏も指摘するとおり「詩としての完成度においては、前の詩に劣るが、かれの心境をたどるうえで、具体的で」ある。一九四二年八月三日の作であるとすると、日本大学専門部最後の夏休み中で、最も多作であった時期である。『伊勢文学』の刊行に心血を注いできた彼が、二か月後に予定された入隊を前に自己の生存の証（あかし）を刻みこむように詩作した中の一篇である。

二　中井利亮は、私家版『愚の旗』の編集に当たり、「骨のうたう」の原型から八行を削除し、配列を整え、首尾を反履させて、（竹内の言葉でない行は一行もないことに注目してほしい。）それを同書の詩作品に加えた。

三　その中井利亮の補作になる「骨のうたう」一篇だけが、その後、多くの人びとに戦死した兵士の心情を伝える詩として共感を呼び、具眼の士によって流布され、いわば一人歩きして逆に竹内の名を広める役割を果してきた。

今日の私としては、この詩を、生き残った親友として戦後の視点から見事にアレンジし再生させた中井利亮氏の友への思いやりと、中井氏自身のすぐれた言語感覚には心から敬意を表したい。

ただ、この詩のリズムに陶酔して、竹内をまるで予言者のように崇める読み方をすることは、慎しまねばならない。その上で、出征直前の苦悶の爪跡のような原型を見直せば、二つの「骨のうたう」の関係を次のように評価できると思う。

一、『伊勢文学』第八号に遺稿として掲載された型が竹内浩三作の唯一の「骨のうたう」であり、それは出征＝戦死を覚悟した作者の痛切な心中を吐露している。

二、作者の戦死後、姉松島こうさんが出版し中井利亮が編集した『愚の旗』で世に出た型は、生前の作者と誰よりも親しい関係のあった精神的継承者によって補作し、完成させられた「完成型」である。

三、この二つの「骨のうたう」は、どちらか一方だけを評価し、もう一方を否定すべきものではない。

三　再び「骨のうたう」について

ここで「骨のうたう」の異稿（ヴァリアンテ）について改めて検討しておきたい。現存する二つの「骨のうたう」のうち、長年巷間に流布してきた「骨のうたう」は私家版『愚の旗』に初出しており、もう一つの「骨のうたう」は『伊勢文学』第八号（「竹内浩三特集号」）に「遺稿」として掲げられただけで、その草稿と見做されていた。その初出に八年の開きがあるので、ぼくは後者を「原型」と呼び前者を「伝承型」とか「補作型」と呼んできたが、以下は「完成型」と呼ぶことにする。

まず二つの「骨のうたう」をその初出本によって概略比較しておこう。ここでの引用は原型にそって原文の旧カナで行ない、行頭の数字は原型の行数を示す。

1　戦死やあはれ
2　兵隊の死ぬるやあはれ
3　とほい他国でひょんと死ぬるや

4 だまってだれもゐないところで
5 ひょんと死ぬるや
6 ふるさとの風や
7 こひびとの眼や
8 ひょんと消ゆるや
9 国のため
10 大君のため
11 死んでしまふや
12 その心や

この第一節十二行に関するかぎり、完成型でもまったく詩句の改変はない。もちろん、旧仮名は廃され新仮名に書き直されているが、それ以外には三箇所の「ひょん」に付された傍点が除かれているだけである。ところが第二節に入ると、最初から変わってくる。

13 苔いぢらしや　あはれや兵隊の死ぬるや
14 こらへきれないさびしさや
15 なかず　咆（ほ）えず　ひたすら　銃を持つ

完成型では、冒頭の三行がそっくり削除されている。作者が一兵卒として入隊した後の自己の姿をイメージしたこの三行の削除である。そこには、敗戦後十年「戦後は終わった」と言い出されるまでの時の流れが補作者の意識と感受性に与えた変化が感じ取れる。完成型では、戦死者の生存中の兵士のイメージは不要として排除され、戦死者ははじめから骨と化して、白木の箱に入って登場する。

16　白い箱にて　故国をながめる
17　音もなく　なんにもない　骨
18　帰っては　きましたけれど
19　故国の人のよそよそしさや
20　自分の事務や　女のみだしなみが大切で
21　骨を愛する人もなし
22　骨は骨として　勲章をもらい
23　高く崇められ　ほまれは高し
24　なれど　骨は骨　骨は聞きたかった
25　絶大な愛情のひびきを　聞きたかった

それはなかった
がらがらどんどんと事務と常識が流れてゐた
骨は骨として崇められた
骨はチンチン音を立てて粉になった

完成型の第二節では、終始「骨」となって帰還した兵士を迎える故国の情景が描かれている。そして、言葉は一定のゆるやかなテムポでその情景を展開しなければならない。17行目は名詞止めでなく、「音もなく　なんにもなく」という副詞句となって18行目へとつながり、21行目の前に24行目の「骨は骨」が移されることによって、巧みに故国の人びとと「骨」の断絶が強調され、26行目の「それはなかった」という主観的な断定は削除される。そして、最後の二行も、28行目は23行目と重複の故に、29行目は主観的な断定の故に削除されて、その代りに、原型第三節の32行目と33行目にある戦後故国のイメージが、第二節の末尾へと繰り上げられる。

ああ　戦死やあはれ
故国の風は骨を吹きとばした
故国は発展にいそがしかった

33　女は化粧にいそがしかった
34　なんにもないところで
35　骨はなんにもなしになった。

こうして第三節（終節）では、31行目34行目35行目の故国における骨の主観的描写も取り除かれて、完成型第三節には、原型の30行目の「ああ　戦死やあわれ」だけが残され、その後に第一節の2行目と最後の四行がルフランとなってつづき、その間にいったん削除された14行目の「こらえきれないさびしさや」が復活させられている。完成型「骨のうたう」は、こうして抒情詩として完成しているのである。

このように見てくると、完成型は、原型の作者が戦前に予感した自己の戦死と「骨」の風化のイメージを、補作者が戦後の視点から整形（アレンジ）したものと考えざるをえなくなる。ぼくは新評論版二巻本全集を編集する過程で抱いた疑問を何度も中井さんたちに問いただした。そして本文の校正をはじめたころに、中井さんの口から、「骨のうたう」は、「原稿が、一つしかなかった」ことと「自分が多少の手入れをした」ことの二つを聞き出すことができた。ある雨の夜、酒場から出て一つの傘の下で伊勢市駅へ向かっていた時のことだったと記憶する。

その後、新評論の編集長であった藤原良雄さんが職を辞して独立し、藤原書店を興す直前（一九八九年）に『竹内浩三作品集』一巻を出版してくれたが、その巻頭に掲げた完成型「骨のうたう」には、「竹内浩三・作　中井利亮・補作」と明記した。そのうえ、私家版『愚の旗』の巻末に中井さんが書かれたあの見事な「あとがき」の中の「〝骨のうたう〟は、彼が日本を離れ、フィリピンに渡航する少し前、ひそかに軍隊の通信用紙に書いて送ってきたものだが、『君死に給うことなかれ』の昭和篇とでも言えないだろうか。」という部分の虚構性を指摘したところ、中井さんはあっさりとそのことを認められ、「〝骨のうたう〟は、彼が入隊する寸前、一種の抑鬱状態の中から生まれたもので、戦後私家版の作品集『愚の旗』を編むときに、私が多少のアレンジをして発表したところ、それが巷間に流布されて、予想外の波紋をひきおこし、結果的には竹内浩三の存在を広く知らせることになった」と改稿して下さった。ぼくは、その「あとがき」を「わが青春の竹内浩三」と改題してその後も何度か再録している。たしかに「竹内と中井は一心同体のような間柄」（土屋陽一さんの言葉）といわれた中井さんの手で補作された完成型「骨のうたう」は、原型の「贅肉が削ぎ落とされてすっきりし、リズミカルになっている」（松島こうさんの言葉）。ぼく流に言えば、原型の時間的空間的に錯綜した異和感のある詩句が削除されて、人間の「愛と死」という永遠のテーマがより凝縮され、より純化されたイメージを読者の心に結晶させるようになったのである。だからこそ、この無名兵士の作った一編の詩は、戦後日本の経済成長の陰で「戦争」が風化していくにつれて、ますます多くの読者を獲得し、「戦争を知らない世代」にも受け入れられ、歌われ共感されてきたと言えるのではなかろうか。

宗教学者の山折哲雄氏は、その著『死の民俗学』（岩波現代文庫）の中で「骨のうたう」完成型の第二節「骨は骨として勲章をもらい」以下を引用して、〈「骨はききたかった」の一節には、民族のエトスが凝集したような無量の想いがこめられている。〉と、書かれている。それは〈戦死を国家のレベルで考えるのではなく、戦死者の遺骨もしくは英霊を迎える肉親の場面にしぼってそれを考えるとき、彼らの慟哭と諦念から生み出された歌〉となっているからであろう。そして、日本古来の「相聞歌」や「挽歌」の伝統につながる歌となり得たのかもしれない。

四　竹内浩三をめぐる友情

二〇〇二年六月十五日、中井利亮さんが永眠された。前年八月四日に宇治山田高校のプラチナホールで催された「骨のうたう音楽会」には、お元気な姿を見せられ、ぼくが持参した新発見の竹内浩三の詩「日本が見えない」と「よく生きてきたと思う」の原文を、別室でじっくりと見ていただいた。横書きされた浩三独特の丸っこい文字を目を細めてたどりながら、「浩三は、よっぽど機嫌の悪い時に書いたんでしょうな。私もまったく見た覚えがありません」とおっしゃった。肝臓ガンで伊勢市の日赤病院に入院されていたが、やっと外出できる状態になったばかりだとのことだった。音楽会の後で司会者の指名を受けて、浩三の思い出をスピーチされたが、信子夫人にかかえられるようにしてタクシーで帰宅された。

前年末には、土屋陽一さんも他界された。その数カ月前、竹内浩三の新しい全集を編集中に、明和町大淀のお宅に二度お邪魔した。土屋さんも硬膜下血腫や呼吸器疾患で日赤病院への入退院を繰り返しておられたが、その時には、いつしか魚心水心で碁盤をはさんで浩三のことを語り合った。

竹内浩三とその親友たち、彼らは、一九三六年旧制宇治山田中学三年生のころから、しばしば寝食を共にして「まんが」を描いたり、詩文を書いたりしていた。一九三九年に東京へ出てからも、それぞれ異なる大学へ通いながら、おそらく三日と空けずに喫茶店などで顔を合わせ、恋を語り、文学を論じていた。そして一九四二年五月、浩三の繰り上げ卒業と入隊が決定してから数カ月の間は、同人雑誌『伊勢文学』制作のために全力をあげて協力した。土屋さん中井さんの他に、すでに十四年前に先立たれた野村一雄さんを加えると、これで『伊勢文学』の創刊同人は、すべて点鬼簿に入ったことになる。

日本の敗戦後、そして竹内浩三の戦死後、数えてみれば半世紀にのぼる時が流れ去っていた。しかし、その長い時間、人間竹内浩三はこれらの人たちの心の中に生き生きと生きつづけていた。竹内浩三は、この人たちのあふれんばかりの友情に守られて、今日の日本において詩人として蘇えることができた。これからは、彼独自の言葉の力によって、われわれの子供や孫たちの心の中に戦争の悲劇を語りつづけていかねばならないし、そうすることができるにちがいない。

浩三の姉松島こうさんは、土屋さんや中井さんの訃報が伝えられるたびに、「こちらは淋しくなりましたけど、あちらは急に賑やかになったことでしょうね」と話された。戦後長らく黄泉(よみ)の国にひとりぽっちでいた浩三は、まず「浩三のためなら水火も辞せず」と伊勢市の酒場で啖呵(たんか)を切っていた野村一雄さんを迎えて、茶碗酒で乾杯しただろう。そして「浩三のドモリがおれにうつってしまった」と苦笑する土屋さんを迎え、つづいて「浩三とは一心同体のような間柄だった」といわれる中井さんを迎えたのだから、今ごろは連日のドンチャン騒ぎかもしれない。そして、もう「賽(さい)のカワラ版・伊勢文学」でも出していることだろう。

それだけではない。中井さんの訃報から一月もしないうちにあの「筑波日記」にしばしば登場する愛すべき小隊長三島与四治(みしまよしはる)さんの死亡が新聞紙上に報じられた。戦後の映画界で松竹文芸大作の黄金時代を築いた名プロデューサーだが、はたして浩三はどんな思いで迎えていることだろうか。いや、ひょっとしたら黄泉で若がえった二人は、筑波の兵舎でやったように、ヨダレを垂らしながら猥談に興じているかもしれない。

ぼくとしては、二〇〇一年十一月末に『竹内浩三全作品集　日本が見えない』(全一巻)

を藤原書店から上梓して、これらの方々にお届けすることができたことを、せめてもの慰めとするしかない。この本が常世の国でも話題になっていればと願うしかない。

一九四二年五月、徴兵検査の結果が乙種合格と決まってから、同年十月一日中部第三十八部隊へ入隊するまでの数カ月の間に、竹内浩三は三人の同人と共に自らガリ版を切り、製本をして、ほぼ月刊で『伊勢文学』を刊行した。そして、彼自身の主要な詩作品の過半をその中に残していった。しかし、戦捷に酔い痴れていた当時の風潮の中で文字にできない言葉もあった。たとえば『伊勢文学』第二号に掲載した散文詩「鈍走記」には七つの伏字がある。

××は、×の豪華版である。

××しなくても、××はできる。

前者を「戦争は、悪の豪華版である」と読むことは、浩三が中井さんたちにこっそり打ち明けていた。後者を「戦争しなくても、建設はできる」と読むことは、同人たちの記憶にもなかった。それが判明したのは、姉松島こうさんの手許に浩三が日本大学入学直後に購入した萩原朔太郎編『昭和詩鈔』（一九四〇年、冨山房刊）が残っていて、その余白に「鈍走記」の草稿が書き込まれていたからである。

けれども、詩人竹内浩三の胸中には、伏字で表現することもできない、親しい者にさえ口にすることのできない悲痛な詩想がすでに胚胎していた。彼は、フィリピンの戦場へ投入されるよりはるか前に、それどころか初年兵として入隊するより前に、少なくとも二編の戦死後の日本を透視した詩「骨のうたう」と「日本が見えない」をひそかに書き遺していたのである。

竹内浩三は、敗戦とその後の日本を見ることはできなかった。一九四七年六月になってようやく戦死の公報が遺族に通知され、一片の骨さえ入っていない白木の箱が姉の許へ還ってきた。彼以外の『伊勢文学』の創刊同人、野村一雄・土屋陽一・中井利亮の三人も

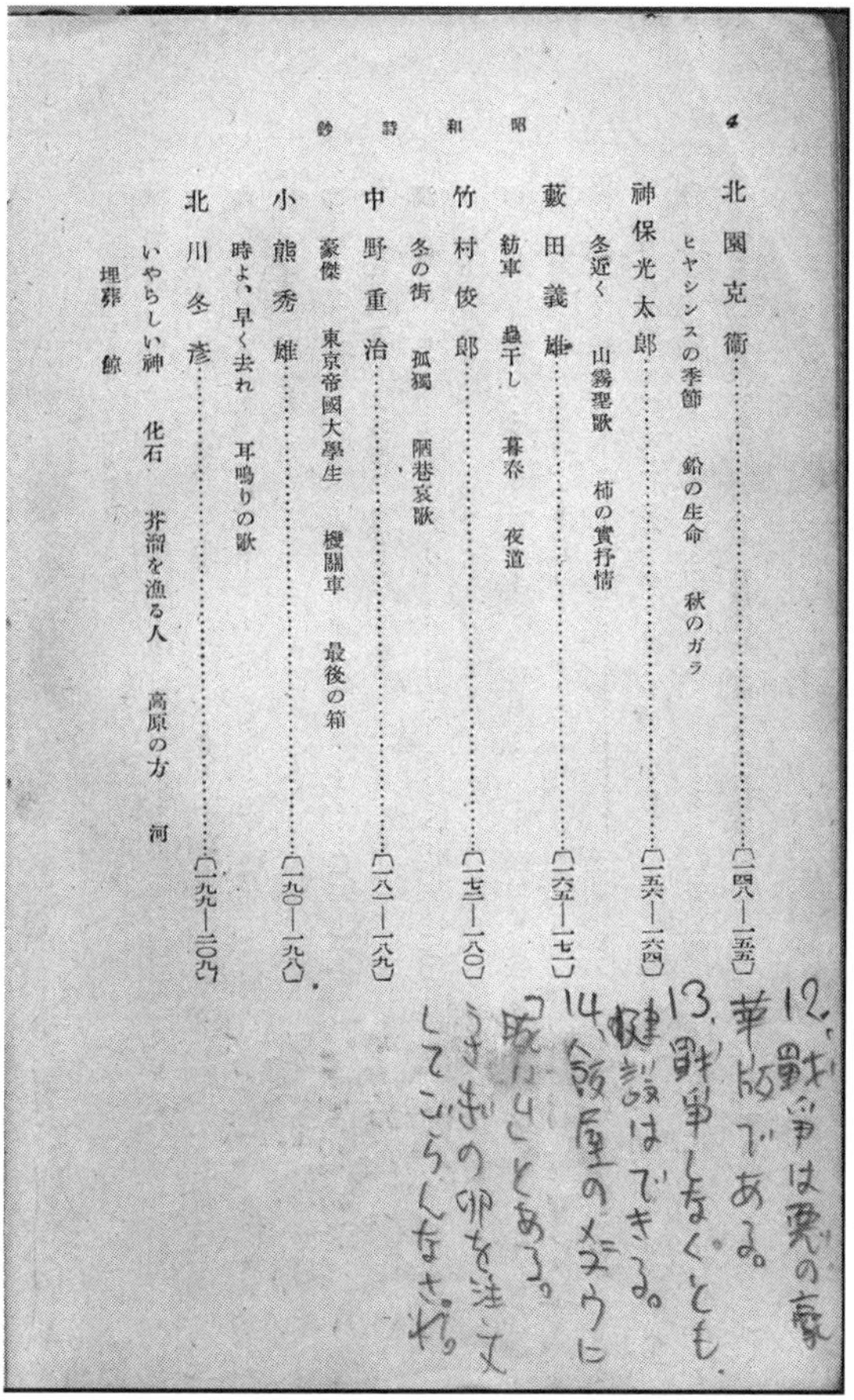
4　昭和詩鈔

一九四三年十二月以降相次いで学徒出陣していたが、運よく内地の部隊に留っていたために、敗戦の年の内に郷里伊勢へ帰ってきた。そして、三人ともとりあえず家業を手伝いながら、浩三の帰還を待っていた。まだ、二十四、五歳で、青雲の志に燃えていた。浩三の生還が絶望的になった以上、一日も早い『伊勢文学』の復刊を目指すしかなかった。食糧難と超インフレーションの最中に、ともかく第八号は実現した。その編集後記を中井さんはこう書き出している。

「伊勢文学は昭和十九年十二月以来、学徒応召で廃刊となっていた。竹内は日大からすでに応召中で、主だった人間を失って維持困難になっていたところ、中大にいた野村、法大の土屋、早大の私と、岡を除いて根こそぎにされた。そして、敗戦後、竹内だけが死んで、また皆顔を合わせるようになって、幾度か再刊を期したが、腰折れのままだった。」

一時はA書店とタイアップして、三重県下の文学愛好者を糾合した雑誌の発刊まで企図したらしいが、「笛吹けど踊らず」で頓挫した。彼らは「蟹は甲羅に似せて穴を掘れ」と諦めて、復刊第一号（通刊第八号）を「竹内浩三特集号」と銘打って実現したのだ。

「この号を竹内浩三哀悼号とすることによって、せめて竹内への責任の一片とする。そして、竹内遺稿集も編集を終えて、単行本百五〇ページ見当の原稿を用意している私達だ。しかし、金がもの言う世の中である。当分はこの伊勢文学もガリ版で進むが、皆様の愛情と援助をお願いします。八月十日（中井記）」

こう締め括られた後記は、いろいろなことを教えてくれる。

文中「岡」とあるのは、三人が学徒出陣後『伊勢文学』の後事を托し、第六号の編集者となって「行軍（一）（二）」「演習（一）（二）」など浩三が兵営から送った詩群を残してくれた二年後輩の岡保生（おかやすお）さんのことである。岡さんは第八号巻頭に「探偵小説以前の探偵小説」というたいへん興味深い論文を寄稿しているが、後に青山学院大学教授となられ、明治初期の政談小説の研究家として一家を立てた国文学者である。また「八月十日」とあるが、その年記はどこにも記載がない。

しかし、同年の十二月に出された第九号で野村さんが「復員してから三年たった」と書いていることから、一九四八（昭和二十三）年のことと見て間違いないだろう。ここで最も注目すべきは、すでに竹内浩三遺稿集が単行本として企画され、その原稿が中井さんの手元にまとめられていたという事実である。これは、竹内浩三の最初の作品集である私家版『愚の旗』に関して、編者である中井利亮が言及した最初の記述である。この本の出版は、その後八年、一九五六年八月になってようやく限定二〇〇部が実現の運びとなった。

◎日本が見えない

この空気
この音、
オレは日本に帰ってきた。
帰ってきた
オレの日本に帰ってきた。
でも
オレには日本が見えない。

空気がサクレツしてゐた。
軍靴がテントウしてゐた。
その時
オレの目の前で大地がわれた
まっ黒なオレの眼鏡が空間に
とびちった。
オレは光素(エーテル)を失って
テントウした。

日本よ
オレの日本よ
オレにはお前が見へない。
一体オレは本当に日本に帰ってきてゐるのか。
なんにもみえない。
オレの日本はなくなった。
オレの日本がみえない。

第六章　竹内浩三と死者の視点

東京での浪人時代

一　「日本が見えない」の発見

戦死を覚悟した竹内浩三が、出征以前に戦後日本へ思いを駈せて書き遺した詩は、「骨のうたう」だけではなかった。戦争による日本の破局をストレートに表現した詩「日本が見えない」が、ひょっこりぼくの目の前に現れたのは、二〇〇一年七月七日のことである。松島こうさんを松阪市の八雲神社に訪ねて、居宅の二階にあるご主人の書斎に隣接した書庫に並ぶスチール製書棚の片隅にあった教科書類の中から一冊のドイツ語読本を手に取ってみた。戦時中の統制会社が出版したらしい二〇〇ページほどの粗末な語学教科書は、ただ古いドイツの〝ひげ文字〟だけで埋めつくされ、戦時にも日独伊三国同盟でドイツの横文字が健在であったことを思い出させた。その表の見返しいっぱいに「よく生きてきたと思う」という五十数行の長い詩が、まぎれもない竹内浩三の丸っこい文字で綴られていた。さらに裏の見返しには『日本が見えない』と表題のついた二十二行の詩が目にとびこんできた。

一瞬ぼくは呆然となって、明かりとりの小窓から空を見上げた。今さっきまで詩人の霊がここにいて、ドイツ語教師のぼくのために書きつけていったような幻覚に襲われていたのかもしれない。

日本が見えない

この空気
この音
オレは日本に帰ってきた
帰ってきた
オレの日本に帰ってきた
でも
オレには日本が見えない

空気がサクレツしていた
軍靴がテントウしていた
その時
オレの目の前で大地がわれた
まっ黒なオレの眼漿（がんしょう）が空間に
とびちった
オレは光素（エーテル）を失って

テントウした

日本よ
オレの国よ
オレにはお前が見えない
一体オレは本当に日本に帰ってきているのか
なんにもみえない
オレの日本はなくなった
オレの日本がみえない

「日本が見えない」こそは、深い絶望の渕に立った竹内浩三が、自己の戦死と祖国への決別とを同時に予感して綴ったという点で、「骨のうたう」と同じモチーフの作品と言える。そして、これが学生時代の教科書から現われたということによって、戦後の『伊勢文学』第八号で、「骨のうたう」原型の末尾に認(しる)された「一九四二・八・三」という製作日がいっそう確かになったのである。ぼくは、「日本が見えない」の方がそれより少し前、最後の学期が終わるころ、ドイツ語の授業中に書きつけられたと推定する。

白い箱にて　故国をながめる
音もなく　なにもない　骨
帰っては　きましたけれど
（「骨のうたう　原型」）

この空気
この音
オレは日本に帰ってきた
（「日本が見えない」）

それぞれ二つの詩の対応する三行は、兵士竹内浩三の死後の霊が発する言葉にほかならない。しかし、「日本が見えない」では、「なんにも見えない／オレの日本はなくなった／オレの日本が見えない」で終わる。そして、やがて「骨のうたう」では戦後日本の姿がくっきりと見えてくる。

ああ　戦死やあわれ
故国の風は　骨を吹きとばした
故国は発展にいそがしかった
女は　化粧にいそがしかった

なんにもないところで
骨は　なんにもなしになった

ところで、二つの詩に共通する死者の視点が、どうして出征前の学生竹内浩三によって獲得されたのか、それは詩人の持って生まれた直感力としか言いようがない。ただ、その直感力を触発した一因が教科書のハイゼの短篇小説「盲人たち」(Die Blinden)にあったかもしれないということは指摘しておきたい。このイタリアの田舎の教会を舞台にした少女と少年の純愛物語では、開眼手術に成功して順調に成人し、社会に適応していく少年は、都会の現実の中で神を見失っていくが、開眼手術に失敗して盲目のままとなった少女には、少年の身心の成長と堕落が手にとるように分かる。目の見えないことは人間の欠陥ではなくて、むしろ心眼を働かせる能力になるのだと言っているようだ。

中学四年のころ、ある作文の中で竹内浩三は、人間の「死ぬこと」を、こう書いている。

「人間には五感があるから、今自分が机の前でにおいのよいバラを視ているということを意識する。もしその人から視覚を取ったら、真暗の中でよいにおいがし、座ぶとんの上に坐っていて時計のキザミを聞いていることを意識する。なお、その人から臭覚、味覚、聴覚などをうばい去ったら、音一つせぬ暗闇の中に坐っていることだけがわかる。なお触覚もうばってしまったならば、夢も見ずにねている状態のようになるだろう。(中略)五感をうばわれた人間にＸ感、Ｚ感、Ｙ感……等を与えたならば、又別の世界いな別の宇宙が展開するだろう。

そこで私は死ぬことをこれによって証明しようと考えた。それは、死ぬことは人間から五感を取り去ってＸ感をそれに与えることである。」

竹内浩三は、Ｘ感を働かせて「日本が見えない」を書き残していったのかもしれない。そして、最後のマンガ雑誌に載せた「奇談　箱の中の地獄」のだれもが目をそむけそうな情景を彼は現実のものとして見つづけていたのかもしれない。

二「奇談　箱の中の地獄」と詩「帰還」

中学四年（昭和十三年）の新年に浩三が最後に作成したまんが雑誌「ぱんち　にういや号」の巻末に載る「奇談　箱の中の地獄」という小説は、読者にとっては、最も不気味で目をそむけたくなるような読み物である。しかし、浩三の「骨のうたう」や「日本が見えない」にあらわれる死者の地点から現実に向けられた視線を理解するためには、この作品から目をそむけるわけにはいかない。

昭和十二年もおしつまったある日、Ｕ市のＲ墓地を通りかかった作者（竹内少年）が古い墓石を掘り起こしている人夫たちの作業を見ていると、棺桶の中から屍体のとけた液

が流れ出し、こわれた箱の内側に文字が書かれているのを発見する。（以下原文）

では、なにが書いてあるのだろう。私の好奇心はムラムラと起ってホトンド飽和に達するほどになった。次の時は、もう字のかいてある部分をやぶりとって、家へもって帰るべくいそいでいる私の姿があった。土方の目をぬすんでそっとやぶりとったのである、それにしてもよくあんな大胆なことが出来たものだとオドロクほどである。

黒ずんだその面にはサイゼン流れた液の跡が一本すると横ぎっているだけで、大してキタナイこともなかった？が、さて家へかえってオモムロに手を洗ってから、その木片の字をよんで見たのだが、その不明瞭なにがてなつづけ字の変体ガナをたどってみる。


気がついた。

といってもそうはっきり「気がついた」と意識することはひどく困難である。

私は先ずこれは「あの世」にちがいないと思った。

しかし、決して死んだという考えはうかばなかった。又生きているという考えもなかった。

ただ私の感能に入る感覚は触覚だけであった。私の手が腹の上にあることもサラサラの着物をきていることもわかった。どうやらこの着物は、死ぬとき着るアレらしいとわかった。そこで私は次の結論に達した。「自分は『この世』から死んだのだ――あの長くやっていた病気で。そして今『あの世』へきたのだ、そしてあの世とは触覚だけがある世だ」と。

しかし、私は又、わずかな土のようなしめっぽい臭を感じて「あの世には臭覚もある」と思った。

次に最もおどろいたことには、私は「音」を聞いた。しかも人間のこえを、そしてそれは「源三ヱ門さんもとうとう……」と言っているのであったが、かなり遠くで言っているらしくもあり又、近くのすぐ頭の上らしくもあった。(中略)

オレは生きている！

しかもカンオケの中でヨミガエッタのだ。しかし、シャバの人はオレを助けだすだろうか。

いや、助けないにちがいない。

オレはもう死んだ、と思いこんでいるのだから。

声でも出そうものなら、さっきのようににげてしまうのだ。じゃオレはどうすればよいのだ。

このままこの箱の中で死になおせというのか。

それはあんまりだ。

オレは生きたい、生きたい、なんとしても生きたい。

オヤ、又足音が近づいた。

オレは考えた。最もカンタンに自分の生きていることを知らす語はないものかと、

「オレは死んだんじゃない。生きかえったのだ。だしてくれ」

「ヤッ、やっぱりそうだ源三ヱ門さんも死にきれぬと見える。それにしてもおそろしいことだ」

と、足音がとおざかった。

アア、モウダメだ。

本当にオレは「死にきれぬ」のだ。

かぎられたカンオケ中のO_2もだんだん少くなってきたようだ。南無阿ミ陀仏

といったようなことが書いてあった。私はこう思った。こんな人が源三ヱ門さんの外に何人もあるのだろう。それ等の人々がどんなにもがいて死になおしをやったことか。現に今でも、一誉坊（いっちょぼ）（墓地）辺で二人ぐらいやっているかも知れぬ。そんなら大したことだ。すてておけぬことにちがいない。

これは、神経質な子供が想像しがちな死への恐怖を形象化した、竹内浩三の最初の小説といえるかもしれない。しかし、竹内の「死について」の思想が具体化された作品で、人間の死が葬儀という社会的儀式によって終わるものでなく、「死に直し」をしなければならないような死もあることを真剣に訴えている。伊勢地方には、土葬の風習が戦後も十数年間は残っていたから十分に現実感があっただろう。そして、ぼくにはこう思われる。今も日本中の田舎に立ち並ぶ戦没兵士たちの墓石は、異様なほど大きく、仰々しい位階勲等を刻みこまれているが、それこそが死んでも死に切れぬ無辜(むこ)の民たちの魂が「よみがえり」と「死に直し」を要求している証しなのではないか。それに気づかず生き残ったわれわれは、竹内少年から見れば墓掘り人夫なのではないか。十六歳の竹内浩三は、すでにそうした箱の中の声に耳をかたむけている。まだ、自らが箱の主となる日が来ることを予感だにしていなかっただろうけれども。

昭和十七年八月一日発行の『伊勢文学』第三号に「帰還」と題する詩が載っている。小説「勲章」につづいて掲げられたものである。この詩は、どちらかというと饒舌になりがちな竹内の詩の中では珍しく言葉少なに口ごもったような詩で、理解しづらい。

あなたは
白くしずかな箱にいる

白くしずかな　きよらかな

ひたぶる
ひたぶる
ちみどろ
ひたぶる
あなたは
たたかった　だ
日は黒ずみ　くずれた

みな　きけ
みな　みよ
このとき
あなたは
ちった
明るく　あかくかがやき
ちった

ちって
きえた

白くしずかに　きよらかに
あなたは
かえってきた

くにが
くにが
手を合す
ぼくも
ぼくも
手を合す
おろがみまする
おろがみまする
はらからよ
はらからよ

よくぞ

すでにこのころには、出征のときに見送った兵士が早くも白い箱となって郷里へ帰還する光景が日本各地に見られるようになった。その葬列を目にした竹内浩三は、自分が出征する身としてどんな気持で迎えていたのか、その言葉にならない祈りそのものが、この詩なのである。

ここでは、箱の主は「あなた」と呼ばれる。浩三は、「しずかな白い箱」にひたすら祈りの手を合わせ、戦いに散った無辜の兵士の声を聞きとろうとしている。「くに」とともに手を合わせて魂鎮めの「おろがみまする」を唱えながら、「はらから」の声を聞こうとしている。しかし祈りは通じない。「よくぞ」を発したまま絶句している。

ところが、この詩が『伊勢文学』に掲載された数日後には、竹内浩三の耳に突如その兵士の声が聞こえてきた。「骨」が歌いだした。しかし、「骨のうたう」は、準備中の『伊勢文学』第四号には掲載されず、戦後復刊された第八号で初めて日の目を見たのである。そして、「日本が見えない」は、ドイツ語教科書につづられたまま六十年間誰一人知る者がなかった。

三　今日に生きる遺言として

第二次世界大戦最末期に、竹内浩三の軍服をまとった肉体はルソン島の山中で倒れ、その地の土塊（つちくれ）と化した。二十四年に満たない生涯であった。彼の遺稿は、姉松島こうさんの手で大切に保存され、まず親友たちの努力によって世に紹介され、ぼくたち同郷の後輩がそれを継承した。

けれども、竹内浩三の豊かな人間性から溢れ出てくる独得な「ことば」は、今も静かに波紋を拡げつづけ、時には歌となって歌われたり、時には劇となって上演されたりしている。今日の若者、戦争を祖父の時代の歴史としてしか考えられない若者にも、竹内のことばはストレートに心の琴線にふれて、鳴りひびいているにちがいない。

竹内のことばは、何よりも、わかりやすい。自由であり、自然である。自分の見たまま、感じたままが、ことばとなって湧き出してくる。しかも、その源（みなもと）には、つねに何者にも侵されない天真そのままの「言魂（ことだま）」とでも言うべきものが宿っている。本来、そんな言魂を抱いた人間を「詩人」と呼ぶのであろう。

詩人のことばは、いつも現在形で生まれ出てくる。しかし、詩人の生命は、彼のことばが、読者の心の中でいつまでどれだけ現在形のままで生きつづけていくかだ。ぼくは、かって「筑波日記」の原本を書写していて、激しい衝撃を覚え、こう記した。

「竹内のことばがぼくたちの心を打つのは、彼の肉体が軍服を着て、銃をかついで、飛行場を舞台に殺人訓練を受けたということのためではない。竹内浩三という人間の魂が、たとえどのような非人間的生活を強制されようとも、何一つ変わることなく、ぼくたちの心に直接伝わってくるからである。ぼくたちの心をゆさぶるのは、つねに変わらない純真無垢な一人の人間の存在そのものにほかならない。」

二〇〇一年の七夕の日に、ぼくは松阪市の松島家の書庫の中で、偶然未発表の二編の詩と出会った。「日本が見えない」と「よく生きてきたと思う」は、竹内浩三の絶唱として知られる「骨のうたう」の原型と同時期に作られたと推定される。しかし、これらは『ハイゼ傑作選』という日大映画科在学中のドイツ語読本の余白にひそかに書かれていて、これまで誰一人知る者がなかった。

「日本が見えない」を発見した時、まるで現在の日本人の心底を表現しているように感じたのは、ぼくの誤解であろうか。物欲をほしいままに充たしてきたバブル経済の崩壊後、未来への指針を見失っている日本。二十一世紀最初の戦争に積極的に参加して、ついに海外派兵に乗り出した日本。主体性を失ってアメリカに追随するしかない今日の日本を、竹内浩三はすでに見通していたのではないか。つまり、戦後の日本をつくり、将来の日本が見えなくなっているのは、われわれ自身であって、詩人の直観力は、六十年も前に、こんな日本の姿をすでに見ていたのではないか。

また、「日本が見えない」と同じ教科書に見つかった「よく生きてきたと思う」ではじまる五十四行の長い詩も、時空を超えて、ぼくの心にぐさりと突きささって来た。竹内の三倍も人生を生きたぼくに対する叱咤にきこえた。「もっとみんな自分自身をいじめてはどうだ／よくかんがえてみろ／お前たちの生活／なんにも考えていないような生活だ／／もっと自分を考えるんだ／もっと弱点を知るんだ」この詩句は、今日の中学生、高校生の胸にも、また教師や親たち、つまり「自分の中にアグラかいている」われわれすべての者の心にくい込んでくるのではないか。

徴兵検査を受けた直後に『伊勢文学』を創刊し、そこに発表した竹内浩三の多くの作品は、すべて彼の遺言と言えるかもしれない。しかし、「日本が見えない」、「骨のうたう」、「よく生きてきたと思う」などは、彼がどこにも発表できず、ひそかに書き遺していった「ことば」である。それだけに、個人的な遺言ではなく、後世の日本人一般に宛てた普遍的な遺言状として読むことができる。

＊　＊

ここで、竹内浩三の今日も心に沁みるいくつかの「ことば」を改めて振り返っておこう。

一九四二年夏、出征を目前にした詩人竹内浩三は、その生涯のすぐれた詩作品の数々を一気呵成に書き遺していった。自らの行き方を模索した散文詩「鈍走記」の中に伏字を使って発表した詩句。

××（戦争）は、×（悪）の豪華版である。

××（戦争）しなくても、××（建設）はできる。

この二行など、戦時中のどんなにすぐれた文学者も口にできなかった言葉である。しかも、それが二十一世紀の今日でも不変の真実であることは、アフガニスタンやイラクの戦場で倒れた兵士たちや平和な生活を破壊された民衆の痛ましい姿が、われわれに教えてくれる。

彼は、絶唱「骨のうたう」で、戦後日本の平和の虚構性をこう歌った。

骨は骨　骨を愛する人もなし
骨は骨として　勲章をもらい
高く崇められ　ほまれは高し
なれど　骨はききたかった
絶大な愛情のひびきをききたかった

がらがらどんどんと事務と常識が流れ
故国は発展にいそがしかった
女は　化粧にいそがしかった

この「骨」が、今も「うたう」ことができるとしたら、平和憲法の精神を踏みにじって海外派兵を急ぐこの国の現状を、いったい何と表現するであろうか。すでに七十三年前、日本大学専門部映画科の学生であった彼は、教科書の余白に詩「日本が見えない」を書きしるした。

日本よ
オレの国よ
オレにはお前が見えない
一体オレは本当に日本に帰ってきているのか
なんにもみえない
オレの日本はなくなった
オレの日本がみえない

詩人竹内浩三は、かつて日本が犯した侵略戦争に駆り出され、絶望の淵に立ちながらなお虚偽と醜悪の中に真実と美を見究める眼を失うことがなかった。その眼の奥にはたえずしなやかで優しい心が宿っていた。戦争末期、最後の斬り込み隊員として比島決戦に投入されるまで、西筑波飛行場での猛烈な夜間訓練の中で綴った記録「筑波日記」の中でさえ、彼は宮沢賢治を慕い、チャイコフスキーやモーツァルトに想いを馳せている。なによりも「芸術」を愛しつづけたからこそ、竹内浩三の眼には「戦争」の本質が見えていたのである。

ボクガ汗ヲカイテ、ボクガ銃ヲ持ッテ。
ボクガ、グライダァデ、敵ノ中へ降リテ、
ボクガ戦ウ。
草ニ花ニ、ムスメサンニ、
白イ雲ニ、ミレンモナク。
チカラノカギリ、コンカギリ。
ソレハソレデヨイノダガ。
ソレハソレデ、ボクモノゾムノダガ。
ワケモナク、カナシクナル。
白イキレイナ粉グスリガアッテ、

ソレヲバラ撒クト、人ガ、ミンナタノシクナラナイモノカ。

（…）

戦争ガアル。ソノ文学ガアル。ソレハロマンデ、戦争デハナイ。感動シ、アコガレサエスル。アリノママ写スト云ウニュース映画デモ、美シイ。トコロガ戦争ハウツクシクナイ。地獄デアル。地獄モ絵ニカクトウツクシイ。カイテイル本人モ、ウツクシイト思ッテイル。

（「筑波日記」一九四四年四月十四日）

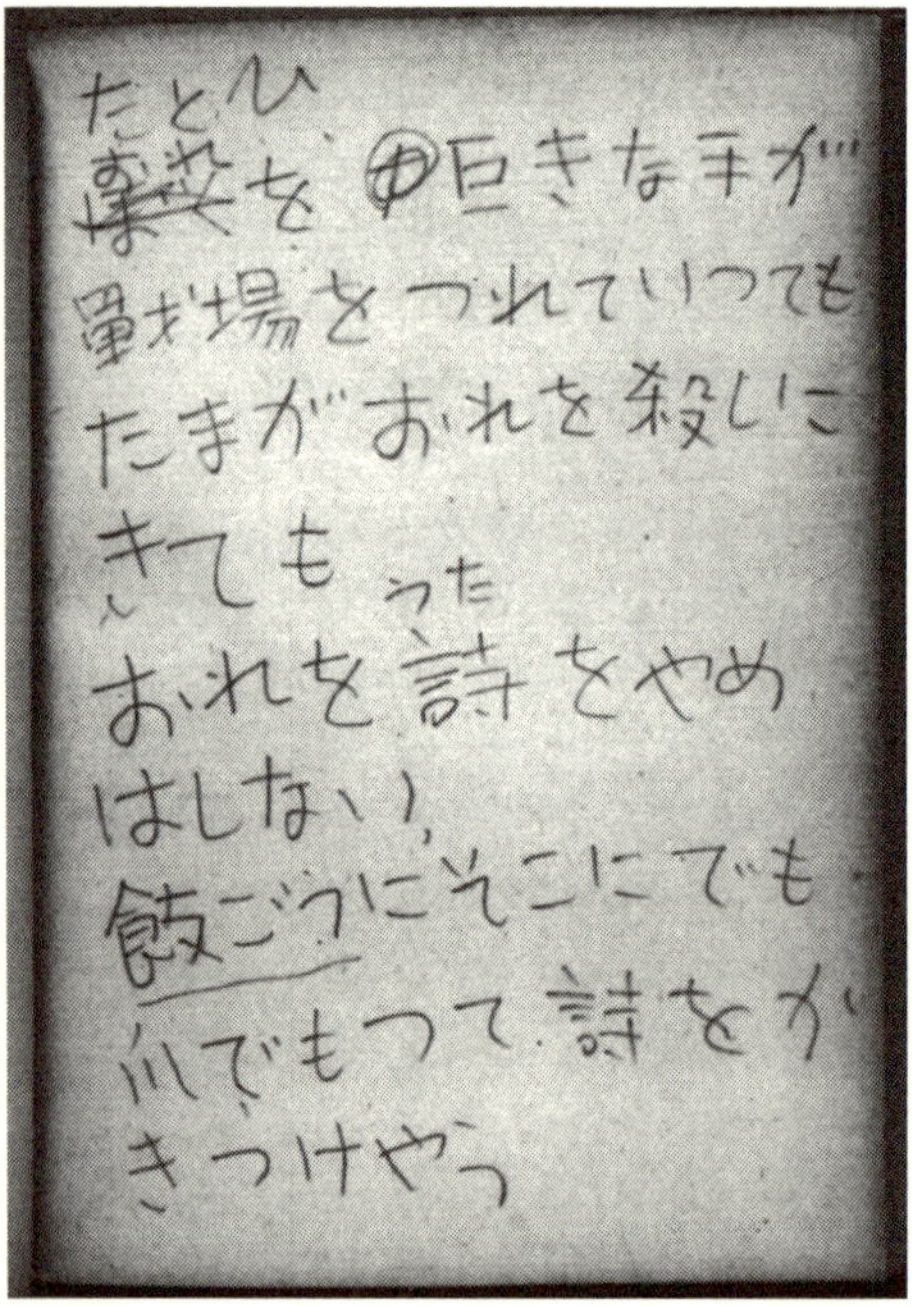

たとひ
巨きな手が
戦場をつれていつても
たまがおれを殺しにきても
うた
おれを詩をやめはしない！
飯ごうにそこにでも
爪でもつて詩をかきつけやう

第七章　詩人竹内浩三の姿を追いつづけて

一　出征を目前にした叫び

二〇〇一年夏、私が『竹内浩三全作品集　日本が見えない』を編集している最中にアメリカで「九・一一同時多発テロ」事件が起こり、やがてアーミテージ国務次官補が日本のアフガニスタン米軍支援を促して「Show the flag」と発言した。「日本(の旗)が見えないぞ！」と受け取ったジャーナリズムでは、「日本が見えない」という言葉がにわかに現実味を帯びて注目されたらしい。

それから一年後、またしても松阪市の姉宅の書庫から、今までまったく気付かなかった詩というより叫び声のような浩三の言葉が現われたのである。二〇〇二年十一月十六日のことで、書庫の奥に隠れていた分厚い一冊の本の余白には、浩三が学生服を脱いで出征する直前に書き込んだ生々しい肉声そのままのような作品が残されていたのだ。

その本とは、詩人の北川冬彦（きたがわふゆひこ）が一九四一年に日本の代表的詩人三十六人の詩を彼自身の眼識と趣味とによって選択収録した『培養土（ばいようど）』と題する詩華集（アンソロジー）。この四六〇ページの珍しい本は、二、三センチ間隔で縦横に糸を漉き込んだ茶色い包装紙にくるまれていた。表には、両手で頬杖をついた女の上半身が青と赤のクレヨンで描かれ、背には『詩集・培養土』と書かれている。愛書家竹内浩三らしい手製のブックカバーである。その包装紙は、六十

詩集　『培養土』

年の歳月、書棚の奥で埃をかぶっていたためか、手に取っただけでまるで枯葉のように茶色い紙片がこぼれ落ちた。

浩三の書き込みは、各詩人の扉の裏かその前のページの余白に、すべて鉛筆で書かれている。巻頭からくってゆくと、比較的整った文字で綴られた三篇の詩が現れた。

まず「宇治橋」と題された横書き十六行の詩である。

ながいきをしたい
いつかくる宇治橋のわたりぞめを
おれたちでやりたい

ながいとしつき愛しあった
嫁女（よめじょ）ともども
息子夫婦ともども
花のような孫夫婦にいたわられ

おれは宇治橋のわたりぞめをする
ああ　おれは宇治橋をわたっている
花火があがった
さあ、おまえ　わたろう
一歩一歩　この橋を
泣くでない
えらい人さまの御前(ごぜん)だ
さあ、おまえ

ぜひとも　ながいきをしたい

つづく二篇は無題であるが、同じモチーフである。それぞれ、

おとこの子は
おとこの子は
生きてゆかねばならない

ぼくは　うそをいってはいけない
なによりも　ながいきをしなければいけない

と終わっている。言うまでもなく、目の前に迫り来る出征とその後の戦場での死の予感をストレートに表現している。いや、その死の不安を拒否して生への意欲を表明しているのである。

この詩華集の中には、安西冬衛（あんざいふゆえ）の『民国十五年の園遊会』や矢原禮三郎（やはられいざぶろう）訳の『支那新詩人集』なども含まれていて、時局の動きが読みとれるが、こんな浩三の書き込みもある。

兵隊になるぼくは
蘇州をおもう
寒山寺をおもう
あそこなら三度くらい歩哨に立たされてもいいなと

しかし、もはや一場の夢にすぎない。すでに戦局はミッドウェー海戦の大敗もすぎて、アメリカ機動部隊が南方から迫っていた。

曇り空

この期におよんで
じたばたと
詩をつくるなんどと云うことは
いやさ、まったくみぐるしいわい

この期におよんで
金銭のことども
女のことども
名声のことどもに
頭をつかうのは、わずらわしゅうてならぬ

ひるねばかりして
ただ時機をまつばかり
きょうも
喫茶店のかたい長イスの上にねころがって

曇り空をみている

この詩の脇に、「一七・九・一八」と記された日付に注目したい。同じ日付は、立ち去った恋人らしい少女の顔を描いたページや「妹」と題した詩の脇にも書き込まれていて、ひょっとしたら、この本に残された詩はすべて昭和十七年九月十八日に、浩三の胸からほとばしり出たものかもしれない。そう考えた方が、浩三らしい。少なくとも、その前後の数日間に作られたものであろう。

竹内浩三は、九月三十日に日大専門部映画科を卒業した。六カ月繰り上げられた卒業である。友人の話では、浩三は出席不足のため卒業式には出られず、後から教務課で証書をもらったという。そして、すぐさま郷里伊勢に向かい、翌日には軍服に着替えて入営したのである。だから、浩三が在京三年半の間に買い求めた書物を梱包して、伊勢の実家に発送したのは、おそらく九月二十日すぎであろう。そのころには同期生の送別会が新宿であったらしい。

わかれ

みんなして酒をのんだ
新宿は、雨であった

雨にきづかないふりして
ぼくたちはのみあるいた
やがて、飲むのもお終(しま)いになった
街角にくるたびに
なかまがへっていった

ぼくたちはすぐいくさに行くので
いまわかれたら
今度あうのはいつのことか
雨の中へ、ひとりずつ消えてゆくなかま
おい、もう一度、顔みせてくれ
雨の中でわらっていた
そして、みえなくなった

『培養土』の余白もおしまい近くなると、乱雑なしかし力強い文字で、浩三は自分の本心を叩きつけるように書く。

詩をやめはしない

たとえ、巨きな手が
おれを、戦場をつれていっても
たまがおれを殺しにきても
おれを、詩をやめはしない
飯盒に、そこ（底）にでも
爪でもって、詩をかきつけよう

めずらしく絶叫のような言葉である。このあたりの詩や文章は、後から鉛筆の斜線を入れて、取り消したことを示そうとしているが、彼の本心が十分に読みとれる。つづいて「御通知」と題した一文が出てくる。


このたび、ぼくにもおおきみ（大君）よりのおおみこえ（大御声）がかかり、ぼくはいら（答）えたてまつろうと、十月一日に久居聯隊に入営することになりました。

このときにあたりまして、べつにこれという決心はありません。

うまれ変ったつもりにもなりたくありません。

いままでしてきたような調子で……

この後、ページをかなりとばしているが、この文につづいて、辞世の歌と思われる歌二首が書きとめられている。

むすめごをうたい
むすめごをえがき
うたい　えがきて
はつるわがみは

うたいえがくを
なりわいとして
ひたぶるにただ
生くるわがみは

入営の日の朝、日の丸の小旗を持った町内の人たちが集まっているのに、浩三は二階の自室に籠もってチャイコフスキーの「悲愴」のレコードに聴き入っていた。姉たちの催促に「終楽章まで聴かせてくれ」と言って立たなかった。そして、ようやく送り出された浩三の机の上には、一枚の紙片が残されていた（九五〜九六ページ参照）。出征を見送ってくれる近所の人たちへの心配りにあふれたその「書き置き」と、親しい学友たちにあてた『培養土』の「御通知」とをくらべて、浩三の心中を察してほしい。

二　私家版『愚の旗』編集の資料から

新しい資料の発見

竹内浩三の姉、松島こうさんの手許に残されていた浩三の遺品類は、すでに整理を終わり目録を作成して、松阪市の本居宣長記念館に保管を依頼した。ここ数年間ぼくが手がけてきた竹内浩三の作品探索は、これで一段落したと思っている。二〇〇一年に藤原書店から全集を上梓するために始めた作業であるが、その当初には、松島家の書庫の中から「日本が見えない」をはじめ多くの作品が新しく発見された。さらに翌年には、浩三が愛読したと思われる詩集『培養土』が出てきて、その余白に出征直前の悲痛な想いが多く書き込まれていた。ぼくは、それらを二〇〇三年一月の『環』十二号に発表した。

その後も浩三の作品と思われる詩に接する機会に恵まれたが、ここでは、故中井利亮氏が最初の竹内浩三作品集である私家版『愚の旗』（一九五六年、一六〇ページ）を編集された時に使用されたと思われる資料の中から、ぼくが竹内浩三作と推定する未発表作品を拾い出し、それを全集の拾遺として新しく追加しておきたいのである。

資料は一つの紙袋に入って中井利亮さんのお宅に保存されていたが、野村一雄さんが亡くなられた後、野村家から中井家へ移されたものとのことであった。手製の伊勢文学用箋に旧カナで書かれたものから新カナに直して清書されたものまで、雑多な原稿用紙から成っている。その中に、『愚の旗』編集のさいにメモとして使われた数枚がある。それぞれに掲載すべき詩・短篇・手紙の題名が挙げられ、その下に行数や枚数が記入されている。それぞれに、それらの数字を積算しながら作品集のページ数を割り出した一枚もある。作品の並べ方や行数は、必ずしも完成した『愚の旗』と一致していないけれども、問題にするほどの差異でない。それは、編者たちが紙不足のあの時代に一定数のページ内に収めるべく作品を取捨選択した苦心の跡と言うべきである。竹内浩三の天才を信じ、その作品集刊行に尽力した中井氏たち親友の、いわば「友情の跡」なのである。

当然ながら、そのさい『愚の旗』に採用されずに原稿のまま残された作品があった。じつは、その編集のメモ代わりにされたのも、きれいに清書されながらボツになった「ソナタの形式による落語」の原稿の裏面である。それどころか、この資料の中には、まったく思いがけない九篇の連作詩が埋もれていた。

連作詩「野外教練」

はじめて目にする九篇の詩である。署名はどこにもないし、筆跡は似ていないことはないけれど、ていねいに漢字に書き直されていて、浩三の字だとは言えない。すべて無題であるが、仮に題をつけるとすれば、「野外教練（一）～（九）」とでもするべき連作詩である。ほとんど同じ時に同じ場所で作られているからだ。最後の（九）だけは尻切れとんぼで、まだ続きがあったかもしれない。

ぼくはこれらの詩に目を通しながら、竹内浩三が日本大学時代に同級生たちと一緒に撮った一枚の写真を思い出した。（二）の「角帽」とか、（一）（三）の「教官」といった単語が、すぐに富士山麓滝ヶ原の「廠舎（しょうしゃ）」で行われた演習のことを想起させたのだ。「筑波日記（一）」の前書きに、こんな記述がある。

「下旬（一九四三年十二月）ニナルト、富士ノ滝ヶ原ヘ廠営（しょうえい）ニデカケタ。学校ヘ行ッテイルコロ、二度キタコトノアルトコロデアル。」

ぼくは、この連作詩全体に流れるリリシズムや身近な自然事象の把え方は竹内浩三のものだと思う。およそ殺風景な軍事演習や軍人勅諭による精神教育の中でこんな心情と感性を保つことのできた浩三の詩精神は、やがて兵隊となってからも「演習（一）（二）」や「行軍（一）（二）」などの詩に受けつがれ、さらに「筑波日記」のような観察記録を書きのこさせたのではないだろうか。しかし、この連作詩には、「日本が見えない」や「骨のうたう」

に見られる戦争の切迫感や未来への絶望感はまったくない。むしろ「五月のように」に通じる明るさやのどかさがある。それは、一九四二年四月に臨時徴兵検査を受けて半年後の入隊が決定するより以前の作品に共通する特性と言えるかもしれない。

ところで、滝ヶ原での演習については、他にも二つの記述がある。

「教練服、ゲートル（ものが悪いくせにばかに高い）、演習費（富士山麓で五日やりました。おかげで顔が黒くなって強そうです）」（姉宛手紙、日付不明）

「私は学校の野外教練で富士山の麓で五日間をすごして帰ってきた。」（小説「私の景色」）

いずれも連作詩（八）の「その丘で演習は五日つづけられた」とぴったり符合する。しかし、ぼくは、この二つの滝ヶ原演習の記述は、「筑波日記」前書きにある「二度」の異なる時期の演習だと推定する。「私の景色」では「五月の神宮の御木曳（おきひき）に私が帰って以来」のこととあるから、こちらは伊勢神宮で御木曳の行事が行われた一九四二年五月以後のことで、すでに十月入隊は決定している。一方、姉宛手紙は日付不明であるものの、金のかかる東京生活の詳しい報告であり、青春をエンジョイしつつ映画監督を夢見ている大学生の浩三の姿は、その時の富士山麓演習がまだ日本が第二次世界大戦に突入する以前（おそらく一九四一（昭和十六）年春の学期初め）であり、同時に九篇の連作詩もまたこの時に作られたことを示唆してくれる。浩三が所持していた『学校教練教科書』の奥付にも「昭和十六年三月廿日再版発行」とある。野外教練には必携の書であるから、初めて滝ヶ原へ出立するさいに学生に配布されたものと考えられる。ちなみに、このポケット版教科書には銃砲の操作などが詳しく解説されていて、小休止の時に銃を組み合わせて並べることを軍隊用語で「叉銃（さじゅう）」（連作詩（二））と呼んだことを教えてくれる。

『伊勢文学』第七号

臨時徴兵検査に合格し、半年後の入隊が決定した時、浩三はかねてから準備していた同人雑誌『伊勢文学』の発行を急いだ。出征までに三号を出し、その後は中井利亮氏を中心に引きつがれて、十号まで刊行された。第八号が「竹内浩三特輯号」と銘打った戦後の復刊第一号である。第六号（編集人、岡保生）は一九四三年五月に発行され、そこに浩三が久居の中部第三十八部隊で作った「演習（一）（二）」、「行軍（一）（二）」、「望郷」などが掲載されているが、これまで第七号だけは見つからなかった。その第七号も今回の資料の中から出現したのである。それは、タテ一二cm、ヨコ一七cm、ガリ版刷りの小冊子で、出版年月は不明だが第六号を追いかけるように出されたらしい。浩三の作品としては、これまで初出のわからなかった「夜通し風が吹いていた」と「南からの種子」のほかに「今夜はまた……」という詩が載っている。いずれも久居聯隊の兵営風景であるから、これまで前二作を筑波転属後の作かもしれないとしてきたぼくの推測は訂正されなければならない。

一九四三年九月一日、筑波の挺進第五聯隊へ転属後の詩は、野村一雄氏宛手紙（九月十一日）

から見て、満州で戦病死した風宮泰生を悼む詩一編ということになる。この第七号にも、それが野村一雄氏旧蔵であったことを示す印が押されている。後にその詩も、従来つけられていた題名「白い雲」ではなく、「山田ことば」という原題のままで見つかった。

姉宛の最後の手紙

陸軍西筑波飛行場に新設された挺進第五聯隊は、爆撃機に曳行されたグライダーに火器と兵員を乗せて夜間に敵地を急襲する特殊部隊であった。ここに転属となった竹内浩三は、翌一九四四年元日から小さな手帖に日記を書きつづった。「筑波日記」である。一冊目は四月二十七日まで、二冊目は七月二十七日まで、その間一日も欠けていない。一冊目の冒頭には「コノ　マズシイ記録ヲ／ワガ　ヤサシキ姉ニ／オクル」と書かれ、二冊目には、「世界がぜんたい、幸福にならないうちは、個人の幸福はありえない」という宮沢賢治の言葉が掲げられている。姉松島こうさんの記憶によれば、一冊目が宮沢賢治の本をくり抜きその中に埋め込まれて送られてきたという。二冊目については面会に行った従兄のところで焼失した等と言われていたが、二十年前中井利亮氏が自宅の蔵の中から発見され、ぼくが編集した最初の全集に入れることができた。その二冊目が無事に姉の許に届いたかどうかを心配する浩三の手紙が新しく出てきた。

これまで姉宛の手紙としては、「ナンニモ書クコトガアリマセヌ。シタガッテ、ハガキガ半分アクワケデナ。」で終わる、一九四四年八月十七日付の手紙が最後のものだと考えていた。そして、その絶望的な文面が、比島出撃の決定を暗示しているようにも思えた。新しく出てきた手紙は旧カナのまま原稿用紙に清書され、日付を書き変えた跡がある。

一九・？・？　吉沼

半分ノハガキトイウモノハ、半分ノオ月サンミタイニサビシクモヤルセナイモノデアルト云ウコトガ、ワカッタノデ、モウ、半分ノハガキハ、出サナイコトニシマシタ。秋ニナリマシタナ。キョウハ、休ミデシタガ、外出セナンダ。ネコロンデ、本ヨンデ、ビールニ酩酊シテオル方ガヨイ。キョウモ、映画ヲミセテクレルコトニナッテイル。チカゴロ、サービスガヨロシクテ、一週間ニ一ペングライ、映画ヲミセテクレル。江古田大助クンカラ、タヨリデ二度目ノ日記ヲアンタノトコロヘ送ッタト云ッテマシタ。アイカワラズ、面白イコトガカイテアルコトト思イマス。ソノコト知ラセテ下サレ。

頓首

この書き出しは、これが八月二十七日の葉書にすぐつづいて書かれたことを物語っている。「江古田大助」は、浩三が検閲を受けずに兵営外からこの手紙を出したことを示している。

「東條と云う人は、あまり好きでなかった。山師のような気がしていた。」と書いた「筑波日記」二冊目がどのようにして姉の許へ送られてきたのか、それは謎のままである。

喜劇タッチの小説など

竹内浩三の『伊勢文学』にかけた想いは熱烈であった。入隊直後も中井利亮氏に「伊勢文学をたのむ、ぜったいやめられぬ。兵隊にいったあとに伊勢文学がのこされるということは、どんなに精神の安静であろう」と書き送っている。こうして郷里に近い久居聯隊で初年兵として過した一年間は、とくに精力的に作品を書きつづけ、外出時にそれを姉や友人に届けた。

第五号では、短詩「雲」で「雲は／雲は／自由であった」と歌ったが、第六号になると長い詩が多くなり、第七号には前記三編の詩が載せられている。しかし、もう一編、掲載されなかった「うたうたいが……」と題した十六行の詩が「望郷」と同じ原稿用紙に書かれたまま残っていた。これは、中井氏が『愚の旗』のあとがきに短縮して紹介されたものの原型と呼べるだろう。

久居聯隊時代には、詩ばかりでなく短篇小説もまた秀作が産み出されている。「花火」の軍事用箋に書かれた原稿も残っている。それら超現実的な空想譚が、戦時下の兵営で書かれたことは興味深い。ところでこの時期の作としてもう一編無題の短篇を加えたいのである。それは、「ある老人の独白」とでも題すべき四百字詰九枚の作品で、末尾に「一八・二・七」と日付が入っている。署名はないが、伊勢方言をふんだんに駆使した老人のグチばなしには、浩三ならではのおかしみがある。その点は初期の自信作「作品七番」と共通である。竹内浩三は、早くから人の一生を喜劇の一コマとして見ていた。人間の営為をやさしい目差しでとらえ、独自の言語感覚で書き写そうとしたのではなかろうか。

＊「野外教練一〜九」とこの小説は、文字と文章から見てかなり後の手が加えられているので、中井利亮氏と竹内浩三の合作の可能性があると思い、『定本』では参考作品として収載した。

三　愛書家竹内浩三と蔵書

戦死やあわれ……ではじまる詩「骨のうたう」でのみ竹内浩三を知る人は、彼を反戦詩人と呼ぶかもしれない。青春をユーモラスに歌った詩「金がきたら」などを知れば、おもろい奴、けったいな奴と思うかもしれない。しかし一方で、彼はなかなかの読書家であり、愛書家であった。宇治山田中学校の帰りには毎日のように廻り道をして、繁華街の書店や古本屋に立ち寄っていた。昭和十四年四月、東京へ出るや、その書物渉猟癖が昂じて、しばしば郷里の姉を困らせた。

昭和十七年九月末日、日本大学専門部映画科を卒業した浩三は、三重県久居町にあった中部第三十八部隊へ入隊する。一年前に東条英機首相が公布した勅令に基づく「六ヵ月繰り上げ卒業」が実施されたのだ。学生服を軍服に着替えた兵営内の浩三は、本に対する飢渇をこう訴えている。

「世の中は、戦争をしています。
浩三君に面会に行ってやって下され。十八日のひるから。どさくさにまぎれて、許可証なくとも入れるそうです。たべものよりも、本を。」（傍点は引用者）

十八年七月の速達ハガキである。しかし、二か月後には、茨城県の陸軍西筑波飛行場に新設された挺進第五聯隊（通称・東部一一六部隊）へ転属となる。重爆撃機に曳行されたグライダーに搭乗して、夜間に「敵ヲ奇襲シ、敵ノ戦略要点ヲ確保シ、戦捷ノ途（ミチ）ヲ拓（ヒラ）ク」ことを任務とした特殊部隊である。彼の最後の力作となってしまった「筑波日記」が、十九年一月一日から七月二十七日まで一日も欠かさずその部隊の日常を記録している。食欲もすこぶる旺盛だが、読書欲も衰えを知らない。たとえば、四月三日、運送屋の娘さんから新潮社の「新作青春叢書」三冊を借り、石坂洋次郎『美しい暦』、阿部知二『朝霧』、芹沢光治良『命ある日』を読みくらべて、その的確な批評を誌（しる）している。

けれども、その年の暮れ、部隊はフィリピンへ送られ、浩三もすでに修羅場と化した戦場に投入される。公報によれば、翌二十年四月九日「バギオ北方一〇五二高地に於て戦死」したとされる。二十四歳に満たぬ生涯であった。

さて、こんな浩三であるが、彼は単なる読書家ではなく、本作りにも並々ならぬ興味を示していた。そもそも中学三年の夏休みに「まんがのよろずや」と題する手製の回覧雑誌を作ったのが彼の自己表現意欲の最初の噴出であるが、当時の軍国主義教育を風刺したマンガで一年間発行停止の処分をくらったのにもへこたれず、合計七冊を作り、後にそれを合本にして製本している。自分の作品と友だちの作品を分けていて、本格的な製本である。

宇治山田中学の先輩小津安二郎を敬愛し、伊丹万作に私淑して映画の道を志した浩三ではあるが、昭和十七年四月の徴兵検査に合格すると大映・京都の助監督の口もフイになり、かくなるうえは詩文に拠るしかないと同郷の親友三人を誘って『伊勢文学』というガリ版刷りの同人誌を創刊した。製本も、丸通（まるつう）の小包用紙などを使って、自分たちで行なった。浩三の詩や小説の大半はそれに掲載されたもので、戦後も友人たちが復刊して、彼の遺稿を載せた。

二〇〇一年の夏、新しい全集を出版するため久しぶりで姉の松島こうさんをたずねた時のこと、浩三が東京の下宿を引き払うさいに蔵書を伊勢市の実家ではなく松阪市に嫁した姉の許へ送ったのではないか（だとすれば戦災でやられていない）と思い、そのことをたずねた。そして、二階にある三畳ほどの書庫へ案内された。思いもかけず、そこには、浩三の蔵書印を捺した書物がたくさん埃をかぶって眠っていたのである。

オカッパの少女の顔とその下の「竹内浩三」という文字を二重ケイで囲った正方形の蔵書印は、中学時代の教科書にもマンガ雑誌にも捺されていたものだ。大学で使ったらしい映画関係の書籍はもちろん、東京の書店で購入した改造社の新日本文学全集、新世界文学全集をはじめ文庫本にいたるまで、どの本の表紙を開いてもオカッパ少女が顔を出すというほどだった。その時メモした手帖から、目ぼしい文学書をひろうと、

トルストイ全集（四冊）、ドストエフスキー全集（二冊）、原久一郎『トルストイ傳』、横光利一全集（全十巻揃い）、萩原朔太郎『宿命』『帰郷者』、三好達治『春の岬』『夜沈々』、堀辰雄『聖家族』、川端康成『掌の小説』、窪川稲子『樹々新緑』。その他、「現代詩人全集」「西洋美術文庫」など小型の本が多く、岩波文庫となると、ドイツ文学関係だけでも、クライスト、アイヒェンドルフ、ケラー、マン、ヘッセの名が挙げられる。

浩三の蔵書印

さらに、ぼくが驚いたのは、それらの本の多くは、手製のブックカヴァーがかけられていて、外国文学関係の本には原書名と著者名が横文字で記され、なかにはロシア文字で書かれたものもあった。それればかりか、ぼくが浩三の愛書家ぶりにいちばん感心したのは、映画雑誌から切り取ったシナリオ類である。一つ一つハトロン紙を重ねた表紙をつけ、糸とノリで丁寧に製本

して、題名・原作者・脚本家・撮影所を墨書したうえに場景（シーン）数まで書き入れている。おそらく元の雑誌は戦時中の統制下で発行されたものであり、今ではすでに赤茶けているものの、これほど丁寧に保存された戦時中のシナリオは珍しいのではないだろうか。岩波現代文庫『戦死やあわれ』を編集中の二〇〇二年秋、松島さんに「念のためにもう一度」とお願いして書庫に入ったのだが、はじめ小箱だとばかり思っていたものを手に取ってみると、なんと、それは四六〇ページにのぼる分厚い本であった。包装紙のカヴァーに包まれて、表には頬杖をついた女の顔が青と赤のクレヨンで描かれ、背には「詩集・培養土」と書かれている。詩人北川冬彦が昭和十六年に編集出版したアンソロジーで、目次には当時の代表的詩人三十六人の名が並んでいる。編者が新散文詩運動の提唱者だったらしく、梶井基次郎・横光利一・伊藤整らの名も目を惹く。

ページを繰ってゆくと、あちこちの余白に鉛筆の書き込みがある。まさしく浩三の丸っこい字である。まず「宇治橋」という題のついた詩、

ながいきをしたい
いつかくる宇治橋のわたりぞめを
おれたちでやりたい

以下十三行。伊勢内宮の宇治橋は二十年に一度の式年遷宮の時に架けかえられ、その渡り初めの式には三代の夫婦が先頭に立つ。浩三は、自分の息子夫婦、孫夫婦とともにそれ

ができるまで生きていたいと言うのだ。目前に迫ってきた出征、そしていずれ戦場に赴く日が来て、戦死する——その不安感をはねのけようとする生への意志の表白にほかならない。

日大最後の夏休みを伊勢市で過した浩三は、八月には上京して下宿の整理をしながら卒業式を待った。このころには同期生の送別会も新宿で開かれている。

ぼくたちはすぐいくさに行くので
いまわかれたら
今度あうのはいつのことか
雨の中へ、ひとりずつ消えてゆくなかま
おい、もう一度、顔みせてくれ
雨の中でわらっていた
そして、みえなくなった

こんな書き込みは、最後の方へくると乱れがちになり、ついには絶叫のような言葉が一ページいっぱいに叩きつけられている。

たとえ、巨(おお)きな手が
おれを、戦場をつれていっても
たまがおれを殺しにきても

おれを、詩(うた)をやめはしない
飯盒(はんごう)に、そこ（底）にでも
爪でもって、詩をかきつけよう

おそらく、こんな詩を書きつけた浩三は、この愛読書を他のおびただしい書物といっしょに箱に詰め、姉の住む松阪市へ発送したのだと思う。* それから六十年、今またひょっこり現れた数々の書き込みは、われわれに何かを語りかけようとしている。

＊実際は、伊勢市の実家へ送られ、後に松阪へ移された。

四　竹内浩三と考現学(モデルノロジオ)

竹内浩三が、中学生のころからマンガを能(よ)くしたことは知られている。ぼくは、回覧雑誌「まんがのよろずや」を調べながら、彼の対象を見る眼の背後に一種の方法論があるのに気づいた。そこには、無邪気な明るさと同時に、冷徹なまでに分析的・実験的な精神が宿っていた。そして、そこから生まれた風刺画が中学教師や父親のひんしゅくを買って一年間の発行停止を申し渡されるが、その後復刊した「ぱんち」と題する雑誌（昭和十一〜三年）にも、形式を変えた同じ精神がみなぎっていて、それについて、ぼくは次のように書いた。

「その特色を極端に示すものが『考現学』と題する連載の出現である。これは、浩三自身の身辺のスケッチであって、部屋の中の物の配置を取り散らかされたままに四方八方から観察し写生したペン画が主体である。こんなスケッチをする習癖は、他のノート類にもしばしば見られ、大学時代になってもやめなかったらしい。あるいはまた、毎日の新聞紙面における広告の分布状態や、参宮線の車窓から見た野立看板（仁丹、中将湯、赤福餅など）の統計表といったものもある。（…）こうしたトリビアルな身辺観察は、外界に対して執拗なまでに正確さを期する記録精神の鍛練として竹内が自らに課したものと言えよう。後年、彼のいわばライフワークとなってしまった『筑波日記』こそ、この鍛練のかろうじて結実したものではないだろうか。」（拙著『恋人の眼やひょんと消ゆるや』六〇〜六一ページ）

ぼくがこれを書いたとき、「考現学」という方法がいったいどこに由来するものか全く不明であった。それが、最近になって明白となった。ずばり『モデルノロヂオ』『考現学採集』という二冊の本が学陽書房から復刻再刊されたからである。共に、今和次郎（こんわじろう）、吉田謙吉（よしだけんきち）両氏の編著によるものであり、昭和五年と翌六年に上梓されている。今氏によると、この「学問」の命名は昭和二年にまでさかのぼる。当時の風俗の調査結果を新宿・紀伊國屋で展示することになり、「考現学展覧会」と銘打ったのがはじまりだという。ついでに、「モデルノロジオ」と世界語（エスペラント）まで造ったのだ。今氏は、「考現学総論」の中で、こう述懐している。

「われわれは、抑（そもそ）も考現学的研究らしいものをやり出したのは、大正十二年の関東大震災までさかのぼる。あのとき東京の天地が焼野と化してしまつたが、あの焼野に立つて、如何（ど）うまた東京が建て直されて行くのであらうと云ふ注意が誰にも起きたらうし、私達にも当然あつたわけだ。私個人としては、あの時まで多くの余暇を地方に於ける現象の研究に利用してゐた（注・今氏は柳川国男門下）のであつたが、大震災後東京に於て研究してみたくなつた。そして、それの最初の結晶は大正十四年（一九二五）の初夏に行つた銀座の風俗調査であつた。」

考現学は、その後、今・吉田両氏を中心に運動の輪を広げていく。張作霖（ちょうさくりん）事件から満州事変に至る昭和初期の物情騒然たる巷の実相を採集記録して二冊の本にまとめたのである。そこには、ベルリンと並ぶ大衆社会都市となった東京に蠢（うごめ）くモガ・モボの生態をはじめ、軍縮＝軍拡競争の背後で蔓延したエロ・グロ・ナンセンスの風俗がきわめて冷静に写し出されている。

昭和十二年、十七歳になった竹内浩三が、こうした十年も前に始まった運動とどこでどう繫がっていたかは、全く分からない。彼が小学校三、四年のころに出版された二冊の本が竹内家の書架にあったという証言もない。ひょっとしたら婦人雑誌などに両氏の発表した部分を見ていたかもしれない。

あるいは、「三重県某市のブルジョワのお嬢さん」の化粧部屋をスケッチした考現学採集者の一人が竹内家にもいたのかもしれない。いずれにせよ、浩三は次のような今氏の呼びかけに応(こた)えているのである。

「少年少女諸君！　辺鄙(へんぴ)な地へ遊びに行けた機会には、それらを研究し観察し、少なくとも友達になって下さい」（今和次郎「ある村のしらべ」結語）

そして、今日ぼくらの眼前には、世界恐慌の時代や日中戦争勃発の時代にもまさる「激動」の世相が流れてゆく。しかし、その実像を覗き、写し取るのは、権力に対する批判精神を欠き民衆への愛情を失った営利本位の写真週刊誌のようなジャーナリズムしかないのであろうか。

五　恋人に捧げる浩三の思い

「浩三さんの原稿が出てきたぞ」電話口でぼくにそう叫んだのは、毎日新聞社伊勢支局の竹之内一夫さんである。竹之内さんは、『三重詩人』の同人で、ぼくとは学生時代から旧知の間柄である。最初の『竹内浩三全集』の刊行に当たっても、地元でご協力を仰いだ方々の一人なのだ。彼は、ぼくを「伊勢空襲を記録する会」主催の講演会にひっぱり出し、竹内浩三についてしゃべらせたが、その会場に浩三手造りの『伊勢文学』数冊を展示してくれた。その所有者が浩三の恋人森ケイイさんの姉さんであるとのことだったので、ぼくはたとえ葉書一枚でも浩三の筆跡が出てこないものかとの願いを伝えておいた。その返事が、この電話だった。

ぼくは、さっそく「赤福（あかふく）」本店へ出かけた。この天下に名のとどろく伊勢名物の宣伝を長年手がけてこられた重役さんが、森さんの姉さんのご主人だったのである。出された名刺には「宿老　一ッ家（かずや）之重」とあった。一ッ家さんが包みの中から丁重に取り出された和綴本（わとじぼん）の表紙には、まぎれもなく浩三の手で「ソナタの形式による落語　江古田大助」と筆太に書いてある。浩三がこのペンネームを日大の江古田校舎時代から使ったことは分かっていたが、作品の草稿に署名したのを見るのは初めてであった。しかし、ぼくは、失望を感じた。これは、すでに全集に収められた作品であり、新しい未発見の作品（たとえば浩三の手紙に出てくる「助六のなやみ」とか「杉田玄白」）の方を期待していたからである。けれども、そのページを一枚一枚めくっていくうちに、嬉しさが込みあげてきた。愉快なカットや楽譜が浩三の新しい姿を一コマずつ伝えているし、それよりも、ここには、浩三が「ニッポンよりも、自分よりも、芸術よりも愛しておった」恋人に捧げる思いがまだ息づいているように感じられたからである。

最後の奥付にきて、ぼくは、これまで自分が犯してきた重大を誤りに気付いた。例によって手製の検印紙を帖りつけたその下に、こう記載されている。

「昭和十六年八月十二日作　昭和十六年八月十九日製作　発行人竹内浩三　一部限定版

非売品」

この日付けは、浩三が日大芸術学部二年の夏休みにこの作品を書きあげたことを示している。これまで、ぼくはそれを昭和十七年秋、久居第三十八部隊に入隊後の作品と推定して、全集第一巻『骨のうたう』の「解題」には、次のように書いた。〈中井利亮は『愚の旗』のあとがきで「創作については余りに空想的で飛躍しているような作品、例えば『ソナタの形式による落語』『花火』などは割愛した」と述べているが、その荒唐無稽なまでに飛

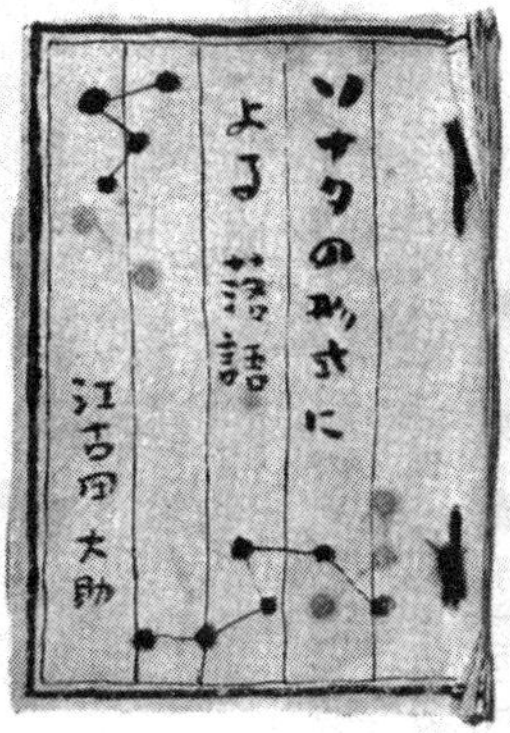

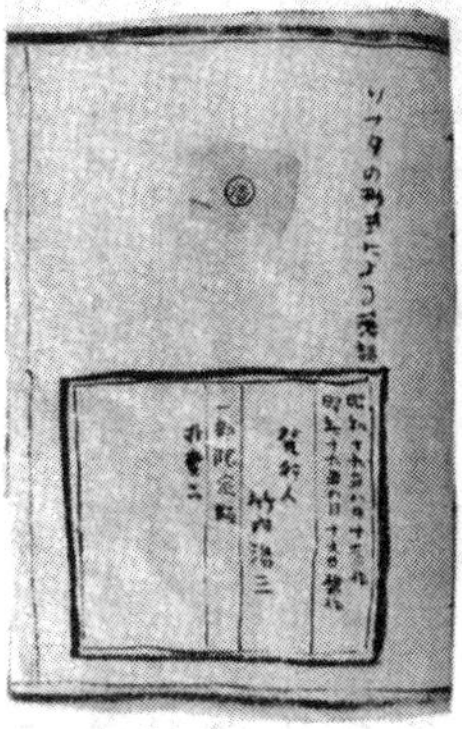

『ソナタの形式による落語』表紙、奥付と、挿画

躍した空想譚が「落語」と名付けられて兵営の中で綴られたことが問題でなかろうか。制作年月日は明記されていないが、『伊勢文学』第六号に「演習」以下「射撃について」までと一緒に掲載されているのである。〉

この作品は、「花火」「伝説の伝説」とともに竹内浩三のメルヘン三部作とでもいうべき位置を占めるが、その中では最も早い時期に書かれたものであった。『伊勢文学』への掲載が遅れたのが何故かは分からない。ただ、『伊勢文学』第六号では今回出現した草稿にさらに手を加えた原稿が使われたことはたしかだと思う。文章にかなり推敲の跡が見られる。

製作の日付けとともに、主人公のとかげの「あるばじる」という名前が、改めて気になる。小説「私の景色」によると、浩三の胸に恋の炎が燃え上がったのは、その夏休みが終わって上京するときセロファンに包んだ人形を手渡されてからであるという。ひょっとしたら、浩三の方が先にこの手造りの本を森さんに献じ、その返礼として人形が渡されたのでなかろうか。浩三は、その人形も「あるばじる」と命名している。ちなみに、それは当時淋病（りんびょう）の特効薬として知られたクスリの名前である。人生に対する浩三らしいアイロニーなのである。

＊本稿を書くためお借りした原本は、約束どおりお返ししたままである。

六　二人の詩人の運命

伊勢の朝熊（あさま）山金剛證寺に因縁の深い詩人が二人いる。竹内浩三と北園克衛（きたぞのかつえ）である。竹内の絶唱「骨のうたう」を刻んだ小さな詩碑は、奥の院へ通ずる参道の門をくぐったすぐ左手の竹内家墓地の前にあって、誰の目にもとまりやすい。[*]どうして、こんな一等地を占められたのか一寸不思議であったが、浩三の父善兵衛が昭和八年に七百貫の大梵鐘を寄進したと聞いて、なるほどと思った。

＊一誉坊墓地にあった浩三の墓石も現在はここに移されている。

北園克衛の詩碑は、朝熊山を目前に仰ぐ伊勢市立総合病院の玄関右手の庭に立っている。朝熊山麓の生家もそのまま現存している。そして、山上の金剛證寺本堂から竹内の詩碑に至る途中左側には、北園の実兄である彫刻家橋本平八の大きな顕彰碑がある。題字は、平（ひら）櫛田中（くしでんちゅう）の筆によるものである。三十九歳で没した橋本平八の墓は、旧朝熊村の墓地内にある。「黙堂玄悟居士」と刻まれた正面よりも奥行きの方がかなり長い一風変わった墓石である。その広い側面に刻まれたこの天才彫刻家の略歴は、弟健吉（北園克衛の実名）の筆になるものである。

北園の絶筆とされる「ＢＬＵＥ」の末尾を刻んだ詩碑と竹内の「戦死ヤアハレ」ではじ

まる詩碑が、いずれも同じ昭和五十五年に建立されていることは、おもしろい。何一つ相通じるところがないと言ってもいいほど異質な二人の詩人であるが、郷土の人々は偶然同じ時期に両者を顕彰したのである。北園にとっては遅すぎたし、竹内にとって早すぎた、日本現代詩史に多少の興味をもつ者なら、だれしもそう思うであろう。北園はつとに昭和詩壇の巨匠の一人に数えられ、竹内は無名の一戦没学徒にすぎなかったのだから。

私自身、そのころ最初の『竹内浩三全集』二巻を新評論から出版したのであるが、その編集作業をすすめている間、あるときは竹内の手によるガリ版刷りの『伊勢文学』に目を通しながら、あるときは雑多な紙片に書きつけられた竹内の文章を清書しながら、ふと北園克衛の詩業と生涯に想いを馳せることがあった。

明治三十五年生まれの北園は、二つの世界大戦のほかに、関東大震災も在京中に体験した。彼より二十年おそく生まれた竹内は、第二次大戦の末期にその青春を一兵卒として比島の戦野に投げこまれ、わずか二十三歳で生涯を閉じた。七十七歳で天寿を全うした北園のせめて半分ほどでも竹内に生きることが許されたなら、彼はいったいどんな詩人になったろうか、そう想うと竹内の運命の星を怨まずにはおれなかった。北園は、二十一歳のとき、生田春月（いくたしゅんげつ）の推挽で詩壇に登場して以来、半世紀にのぼる詩人としての生命を貫き通し、二十四冊の詩集を世に送った。それに対して、竹内は、そのすぐれた詩を晩年の数年間に書き遺し、わずか二百部の私家本がまとめられただけで、四十年目にようやく作品が公けに刊行された。北園が、詩人としてスタートしたばかりの年齢で、竹内は、もう人生にピリオドを打たざるをえなかったのである。

私が入手した終戦直後の『宇治山田中学第四十回同窓生名簿』(昭和二十二年四月作成)によると、生存確認者六一名、死没者四一名、未復員者一八名、消息不明者三三名となっている。竹内浩三の戦死公報は、同年六月に出ているので、彼はまだ未復員者の中に入れられている。そして、その四十年後に刊行された『宇治山田高校同窓会名簿』で調べてみると、山中四〇期の竹内の同級生一六九名中七九名がすでに「故人」となっている。じつに四七パーセントにのぼる。ついでに、その前後を計算してみると、三八期——四三%、三九期——三九%、四一期——三八%、四二期——二九%、四三期——一八%、四四期——一二%という数字が出た。つまり、同じ戦中派といっても昭和十七年卒業(四三期)あたりからは戦死者が急減しているのであるまいか。おそらく徴兵はされても第一線へ運ばれて銃火の下をくぐることは少なくなったのであろう。そして、伊勢市のような平均的地方都市でのこのデータは、全国的に妥当するのかもしれない。(広島や長崎では、こうはならないはずだ。) 澤地久枝氏は、『滄海(うみ)よ、眠れ』の中でミッドウェー海戦の戦死者に二十一歳の若者が最も多かったことを報告しておられる。竹内と同じ大正十年生まれの人たちである。彼があと三、四年遅く生まれていたら、その人生を二倍も三倍も延ばせる確率は、うんと高まったろう。北園克衛とくらべて、竹内は二十年おそく生まれたために、そして日本の最も不幸な時代に青春をめぐり会わせたために、彼は北園よりも三十三年（三分の一世紀！）早く死ぬ運命を担ったのである。

しかし、私は、長生きした北園が幸せで、夭折した竹内が不幸であったとだけ言いたいのではない。己れの運命を予感した詩人は、その運命にふさわしい仕事を必死の努力をふりしぼって残していったからである。「骨のうたう」をはじめとする竹内の詩群は、一個の人間の情念もモラルも理性も感覚もすべてが一体となって燃え上がった「魂の歌」である。こんな詩を吐くことのできた詩人は、万葉歌人のように幸せである。

それにひきかえ、前衛詩人として終始した北園克衛は、どうか。関東大震災、経済恐慌、日中戦争、第二次大戦、戦後社会の激動と相次ぐ思想的混乱の渦中に立って、その激流に押し倒されないためには、「作者は非個性的に外面描写にとどまり、情念やモラルや人生観などすべて内面的なものは排除」（西脇順三郎）して、「詩的想像の世界を、生活的な抵抗感とからみ合わせることなく、表現として再構成する主知的な道を選んだ」（吉本隆明）のである。北園の長かった人生も、また茨の道であったと思う。そして、軍部独裁の時期にやむなく文学報国会詩部会幹事をつとめざるをえなかった詩人北園克衛と、無名の一兵卒であったためにかえって純粋に戦争の実態を凝視し、人間としての叫びを詩と化することのできた竹内浩三と——はたして、どちらが幸せであったろうか。それは、今後の二人の作品の生命の長さが決めることなのかもしれない。

あとがき

昨（二〇一四）年初夏、竹内浩三の姉松島こうさんがお亡くなりになった。ご葬儀を済まされた後の通知であったので、ぼくはお盆に帰郷した時、庄司乃ぶ代さん（松島さんの長女）にお願いして、松島さんのご自宅でもあった八雲神社が管理する墓地へ車で連れていただいた。墓前で「長年お世話になりました」とお礼を申しあげたが、胸に込みあげてくるものを抑えきれなかった。

最初の『竹内浩三全集』を編んだのが一九八四年夏であったから、ちょうど三十年になる。その後のことは本文に書いたので略するが、そもそも竹内浩三がその余りにも短い生涯に書き残した詩や日記や手紙を、戦死後七十年の今日、われわれが目にすることのできるのは、すべて松島こうさんのお蔭である。松島さんが弟に対する並々ならぬ愛情と絶対的な信頼によって大切に守ってこられたからである。

二〇一二年夏にぼくは藤原良雄社長と、『定本　竹内浩三全集　戦死やあはれ』を携えて、津市の老人ホームを訪れた。車椅子で玄関まで出てこられた松島さんは、お顔の血色もよくお元気そうに見えた。むしろ、ぼくの方が『定本』のあとがきに「謝辞」を書き、竹内浩三関係の仕事はこれで以て完了とし、自分の体の養生に専念するつもりであった。

振り返れば、ぼくは詩人でも批評家でもなく、一人の文学愛好老人である。そのぼくが「芸術の子」の全集を三度も編集し、評伝を書き、いつしか研究者と呼ばれるようになっていた。そもそもは、親友西川勉の急死がきっかけで藤原良雄さんと出会ったからである。その後も竹内浩三と近しかった多くの方々との奇遇が続き、馬齢を重ねてきたのである。しかし、これからは多くの若い感性の持ち主が現われて、竹内浩三の仕事に触れ、深く理解し、ぼくとは異なる詩人像を発表してくれるにちがいない。そのための叩き台を準備できたとすれば、ぼくは以て瞑すべきである。そう思って、京都で病院通いの日々を送っているところへ、また藤原さんが現われた。二、三度お会いしているうちに、たぶんぼくの体調や脳の具合を観察されたのであろう。「今まであちこちに書いたものを集めて一冊出したい。初秋には竹内浩三大好き人間の集まるイベントを企画して、錚々たる先生方の講演も決まっている」と、ぼくを督励してくれた。今回も山﨑優子さんの手をわずらわせてなんとか一冊にまとめられたが、ぼくとしては見苦しい老残の姿を人目に晒す思いがする。

二〇一五年七月七日

小林　察

初出一覧

序　章　竹内浩三とはどんな詩人か

一　「純粋詩人・竹内浩三の「ことば」」『新評論』新評論、一九八四年五月号

二　「青春とことばの出会い」『新評論』新評論、一九八五年八・九月号

第一章　若い詩人の肖像――その運命の軌跡

講演記録「三重県ゆかりの作家たち」三重短大公開講座　第一回、一九八九年

第二章　青春に忍び寄る戦争の影

『恋人の眼やひょんと消ゆるや』新評論、一九八五年、九二～一〇一頁、一〇六～一一七頁、一二三～一四〇頁

第三章　芸術の子、竹内浩三

『恋人の眼やひょんと消ゆるや』新評論、一九八五年、一九二～二〇六頁

第四章　兵士竹内浩三の詩魂

一　『竹内浩三全集　二　筑波日記』新評論、一九八四年、編者まえがき

二、三　『恋人の眼やひょんと消ゆるや』新評論、一九八五年、二三〇～二五〇頁

第五章　「骨のうたう」――無名兵士の有名な詩

一　「ある無名兵士の有名な詩――竹内浩三「骨のうたう」受容小史」『大阪学院大学通信』第三三巻第一号、二〇〇二年

二　『竹内浩三全集　一　骨のうたう』新評論、一九八四年、解題

三、四　「詩人竹内浩三をめぐる友情」『わだつみのこえ』一一七号、二〇〇二年十一月

第六章　竹内浩三と死者の視点

書き下ろし

『竹内浩三詩文集』風媒社、二〇〇八年、一二〇〜一二三頁

第七章　詩人竹内浩三の姿を追いつづけて

一　書き下ろし

『環』一二号、藤原書店、二〇〇三年冬号

二　『環』二二号、藤原書店、二〇〇五年夏号

三　『図書』岩波書店、二〇〇三年二月号

四　『新評論』新評論、一九八七年一月

五　『新評論』新評論、一九八六年七・八月

六　『伊勢志摩』伊勢志摩編集室、一九八四年十月、「リレー随想」欄

竹内浩三略年譜（一九二一～一九八二）

一九二一（大正十）年　五月十二日、三重県宇治山田市（現伊勢市）吹上町一八四番地に生れる。父、竹内善兵衛。母、よし（芳子）。竹内家は竹内呉服店、丸竹洋服店などを手広く営む伊勢でも指折りの商家。父善兵衛は、先代善寿に見込まれて大北家より婿養子として竹内家に入るが、妻に早逝され、後添えとしてよしを大岩家より迎える。母よしの父大岩芳逸は、伊勢で医師を開業していたが、明治初年の荒廃した伊勢神宮の環境整備に私財を投げうって尽力し、その顕彰碑は、今も倉田山下の御幸街道添いに立っている。母よしは父に似て献身的な女性で、大岩家の家事を支えながら長く小学校教諭をつとめていた。結婚して、四歳上の姉（松島こう）と浩三をもうける。短歌の才に秀で、佐佐木信綱に師事。

一九二八（昭和三）年（七歳）　四月、宇治山田市立明倫小学校へ入学。小学校時代を通してとくに算数の成績が優秀であったが、その他に目立つところはなかった。

一九三三（昭和八）年（十二歳）　二月八日、母よし死亡。辞世「己か身は願もあらし行末の遠き若人とはにまもらせ」師佐佐木信綱の弔歌「志(し)もゆきに美(み)さをいろこきくれたけのちよをもまたてかれしかなしさ」

一九三四（昭和九）年（十三歳）　四月、三重県立宇治山田中学校入学。

一九三六（昭和十一）年（十五歳）　八月、同級の阪本楠彦、中井利亮等を誘って「まんがのよろずや」と題する個人雑誌を作り、一週間後には臨時増刊号を出す。十月、四号まで作る。世相を風刺したマンガや記事のため一年間発行停止の処分を受けるが、一年後にまた「ぱんち」と改題して復刊する。後に合本を自ら製本して残している。なお、この年、四日市市博覧会のポスターに応募して入賞する。担任の井上義夫先生（後に東京教育大教授、日本数学教育学会会長）も驚くほど幾何学の成績抜群。ただし、教練の成績悪く、回覧雑誌の筆禍もあって、父はしばしば学校へ呼び出される。

一九三八（昭和十三）年（十七歳）　四月、柔道教師の家に身柄預りとなる。十二月、文芸同人誌『北方の蜂』を友人たちと手づくりして創刊。翌年春の二号で終わる。

一九三九（昭和十四）年（十八歳）　三月十七日、父善兵衛死亡。宇治山田中学校卒業。上京して、浪人生活。当時日大芸術科と縁の深かった第一外国語学校という予備校に通う。

一九四〇（昭和十五）年（十九歳）　四月、それまで父の反対でかなわなかった念願の日本大学専門部（現芸術学部）映画科へ入学。

一九四二（昭和十七）年（二十一歳）　六月一日、在京中の宇治山田中学時代の友人、中井利亮、野村一雄、土屋陽一と『伊勢文学』を創刊。以後十一月までに五号を出す。九月、前年十月公布の勅令第九二四号にもとづき、日大専門部を半年間繰上げて卒業。十月一日、三重県久居町の中部第三十八部隊に入営。このころ、手紙を通じて、伊丹万作氏の知遇を得る。

一九四三（昭和十八）年（二十二歳）　九月、茨城県西筑波飛行場に新たに編成された滑

空部隊に転属。挺進第五聯隊（東部一一六部隊）歩兵大隊第二中隊第二小隊へ配属。小隊長・三嶋与四治少尉（戦後、松竹映画製作本部長）。

一九四四（昭和十九）年（二十三歳）　一月一日、「筑波日記一　冬から春へ」執筆開始。三月末日から半月間は、初年兵入隊の受け入れ係として吉沼小学校に宿泊、日記にも生気と健康が蘇って長い思索の跡がつづられる。四月二十九日より「筑波日記二　みどりの季節」に書きつがれるが、七月二十七日、「筑波日記二」中断。十二月一日、戦時編成により滑空歩兵第一聯隊となった竹内の部隊は、西筑波飛行場を出発。主力は広島県宇品港で空母雲竜に乗船したが、台湾西方にて米潜水艦の攻撃を受け沈没。積み残されて門司港から「マタ三八船団」に乗船した竹内の中隊（中隊長・館四郎大尉）は、十二月二十九日ルソン島北サンフェルナンド港に到着。たちまち猛烈な艦砲射撃を受けて、バギオ方面に向かう。

一九四五（昭和二十）年　四月九日、昭和二二年三重県庁の公報によれば「陸軍上等兵竹内浩三、比島バギオ北方一〇五二高地方面の戦闘に於て戦死」。

一九八〇（昭和五五）年　五月二十五日、伊勢市朝熊山上に「戦死ヤアハレ」の詩碑建立。

一九八二（昭和五七）年　八月十日、ＮＨＫラジオ夏期特集番組「戦死やあわれ」（構成・西川勉）放送。

（『定本　竹内浩三全集　戦死やあはれ』より）

著者紹介

小林 察（こばやし・さとる）

1932年、三重県度会郡玉城町に生れる。宇治山田高校を卒業後、東京大学文学部卒業。玉川大学教授、大阪学院大学教授を歴任。翻訳書に『かなしみのクリスチアーネ』『アンディ』（共訳）（ともに読売新聞社）他。1983年、同郷の親友西川勉の遺稿追悼文集『戦死やあわれ』を編集。84年『竹内浩三全集』（全2巻）を編集、85年竹内浩三の評伝『恋人の眼や ひょんと消ゆるや』(以上新評論)を書下す。2001年『竹内浩三全作品集 日本が見えない』（藤原書店）以降も、竹内作品の発掘・研究・紹介につとめ、決定版として12年『定本 竹内浩三全集 戦死やあはれ』を編集する。

骨（ほね）のうたう —— “芸術（げいじゅつ）の子（こ）” 竹内浩三（たけうちこうぞう）

2015年7月30日　初版第1刷発行©

著者　小林 察

発行者　藤原良雄

発行所　株式会社 藤原書店

〒162-0041　東京都新宿区早稲田鶴巻町523
電話 03（5272）0301
FAX 03（5272）0450
振替 00160 - 4 - 17013
info@fujiwara-shoten.co.jp

印刷・製本　中央精版印刷

落丁本・乱丁本はお取替えいたします
定価はカバーに表示してあります

Printed in Japan
ISBN978-4-86578-034-5

新しい作品も収録した決定版

定本 竹内浩三全集 戦死やあはれ

小林察編

名作「骨のうたう」を残した戦没学生の詩、随筆、小説、まんが、シナリオ、手紙、そして軍隊時代に秘かに書いた「筑波日記」等を集大成。一九八四年の『竹内浩三全集』、続く二〇〇一年の『竹内浩三全作品集 日本が見えない』から一一年。その後新しく発見された作品群を完全網羅。

Ａ５上製布クロス装貼函入 口絵一六頁
七六〇頁 **九五〇〇円**
（二〇一一年八月刊）
◇978-4-89434-868-4

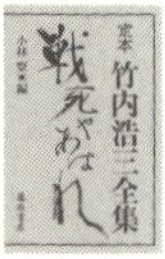

活字／写真版の完全版

竹内浩三全作品集（全一巻） 日本が見えない

小林察編　推薦＝吉増剛造

太平洋戦争のさ中にあって、時代の不安を率直に綴り、戦後の高度成長から今日の日本の腐敗を見抜いた詩人、「骨のうたう」の竹内浩三の全作品を、活字と写真版で収めた完全版。新発見の詩二篇と日記も収録。「本当に生きた弾みのある声」（吉増剛造氏）。

菊大上製貼函入 口絵二四頁
七三六頁 **八八〇〇円**
（二〇〇一年一一月刊）
◇978-4-89434-261-3

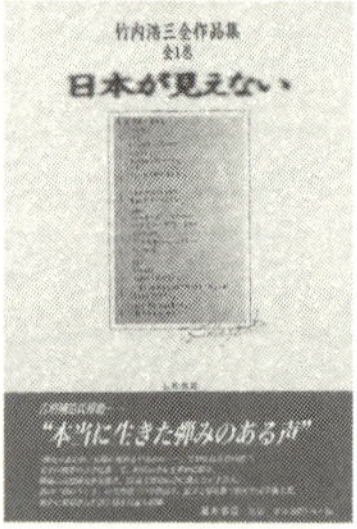

詩と自筆の絵で立体的に構成

竹内浩三集

竹内浩三・文と絵
よしだみどり編

泣き虫で笑い上戸、淋しがりやでお姉さんっ子、「よくふられる代わりによくホレる」……天賦のユーモアに溢れながら、人間の暗い内実を鋭く抉る言葉。しかし底抜けの明るさで笑い飛ばすコーゾー少年の青春。自ら描いたユニークなマンガとの絶妙な取り合わせに、涙と笑いが止まらない！

Ｂ６変上製 二七二頁 **二二〇〇円**
（二〇〇六年一〇月刊）
◇978-4-89434-528-7

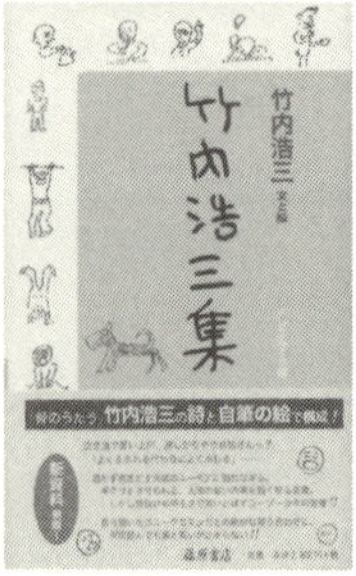

「マンガのきらいなヤツは入るべからず」

竹内浩三楽書き（らくが）詩集 まんがのよろづや

よしだみどり編
[絵・詩]竹内浩三 [色・構成]よしだみどり
オールカラー

一九四五年、比島にて二十三歳で戦死した「天性の詩人」竹内浩三。そのみずみずしい感性で自作の回覧雑誌などに描いた、十五～二十二歳の「まんが」や詩をオールカラーで再構成。浩三の詩／絵／マンガが、初めて一緒に楽しめる！

Ａ５上製 七二頁 **一八〇〇円**
（二〇〇五年七月刊）
◇978-4-89434-465-5

石牟礼道子はいかにして石牟礼道子になったか？

葭（よし）の渚　石牟礼道子自伝

石牟礼道子

無限の生命を生む美しい不知火海と心優しい人々に育まれた幼年期から、農村の崩壊と近代化を目の当たりにする中で、高群逸枝と出会い、水俣病を世界史的事件ととらえ『苦海浄土』を執筆するころまでの記憶をたどる。『熊本日日新聞』大好評連載、待望の単行本化。失われゆくものを見つめながら「近代とは何か」を描き出す白眉の自伝！

四六上製　四〇〇頁　**二二〇〇円**
（二〇一四年一月刊）
◇978-4-89434-940-7

絶望の先の"希望"

花の億土へ

石牟礼道子

「闇の中に草の小径が見える。その小径の向こうのほうに花が一輪見えている」――東日本大震災を挟む足かけ二年にわたり、石牟礼道子が語り下ろした、解体と創成の時代への渾身のメッセージ。映画『花の億土へ』収録時の全テキストを再構成・編集した決定版。

B6変上製　二四〇頁　**一六〇〇円**
（二〇一四年三月刊）
◇978-4-89434-960-5

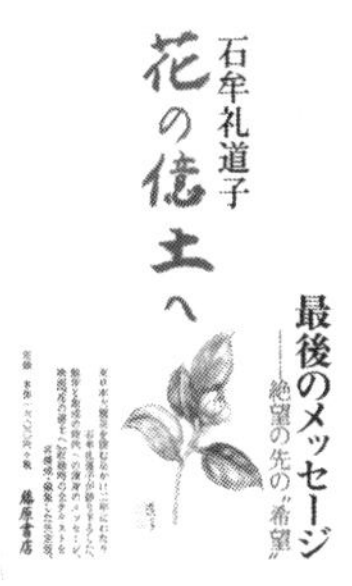

未発表処女作を含む初期作品集！

不知火おとめ

（若き日の作品集1945-1947）

石牟礼道子

戦中戦後の時代に翻弄された石牟礼道子の青春。その若き日の未発表の作品がここに初めて公開される。十六歳から二十歳の期間に書かれた未完歌集『虹のくに』、代用教員だった敗戦前後の日々を綴る「錬成所日記」、尊敬する師宛ての手紙、短篇小説・エッセイほかを収録。

A5上製　二一六頁　**二四〇〇円**　**口絵四頁**
（二〇一四年一一月刊）
◇978-4-89434-996-4

半世紀にわたる全句を収録！

石牟礼道子全句集

泣きながら原

石牟礼道子

詩人であり、作家である石牟礼道子の才能は、短詩型の短歌や俳句の創作にも発揮される。この半世紀に石牟礼道子が創作した全俳句を一挙収録。幻の句集『天』収録！

解説「一行の力」黒田杏子

B6変上製　二五六頁　**二五〇〇円**
（二〇一五年五月刊）
◇978-4-86578-026-0

石牟礼道子を一〇五人が浮き彫りにする！

花を奉る
（石牟礼道子の時空）

赤坂憲雄／池澤夏樹／伊藤比呂美／梅若六郎／永六輔／加藤登紀子／河合隼雄／河瀬直美／金時鐘／金石範／佐野眞一／志村ふくみ／白川静／瀬戸内寂聴／多田富雄／土本典昭／鶴見和子／鶴見俊輔／町田康／原田正純／藤原新也／松岡正剛／米良美一／吉増剛造／渡辺京二ほか

口絵八頁

四六上製布クロス装貼函入
六二四頁　六五〇〇円
（二〇一三年六月刊）
◇978-4-89434-923-0

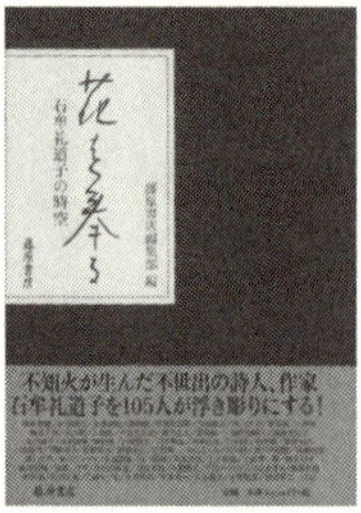

『苦海浄土』三部作の核心

新版 神々の村
『苦海浄土』第二部
石牟礼道子

第一部『苦海浄土』、第三部『天の魚』に続き、四十年の歳月を経て完成。

『第二部』はいっそう深い世界へ降りてゆく。（…）作者自身の言葉を借りれば『時の流れの表に出て、しかとは自分を主張したことがないゆえに、探し出されたこともない精神の秘境』である」

（解説＝渡辺京二氏）

四六並製　四〇八頁　一八〇〇円
（二〇〇六年一〇月／二〇一四年二月刊）
◇978-4-89434-958-2

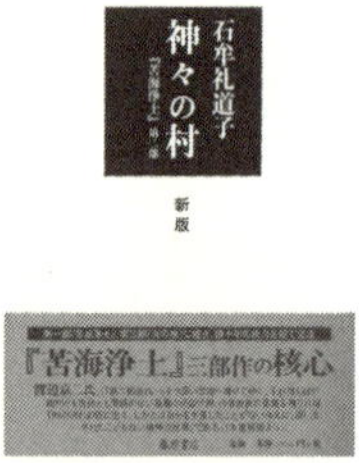

高群逸枝と石牟礼道子をつなぐもの

最後の人 詩人 高群逸枝
石牟礼道子

世界に先駆け「女性史」の金字塔を打ち立てた高群逸枝と、人類の到達した近代に警鐘を鳴らした世界文学『苦海浄土』を作った石牟礼道子をつなぐものとは。『高群逸枝雑誌』連載の表題作と未発表の「森の家日記」、最新インタビュー、関連年譜を収録！

口絵八頁

四六上製　四八〇頁　三六〇〇円
（二〇一二年一〇月刊）
◇978-4-89434-877-6

渾身の往復書簡

言魂（ことだま）
石牟礼道子＋多田富雄

免疫学の世界的権威として、生命の本質に迫る仕事の最前線にいた最中、脳梗塞に倒れ、右半身麻痺と構音障害・嚥下障害を背負った多田富雄。水俣の地に踏みとどまりつつ執筆を続け、この世の根源にある苦しみの彼方にほのかな明かりを見つめる石牟礼道子。生命、魂、芸術をめぐって、二人が初めて交わした往復書簡。『環』誌大好評連載。

B6変上製　二一六頁　二二〇〇円
（二〇〇八年六月刊）
◇978-4-89434-632-1

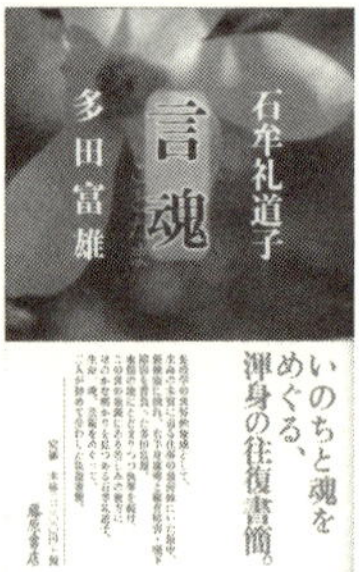

弱者の目線で

弱いから折れないのさ

岡部伊都子

「女として見下されてきた私は、男を見下す不幸からも解放されたい。人権として、自由として、個の存在を大切にしたい」（岡部伊都子）。四十年近くハンセン病元患者を支援してきた著者が、真の「人間性の解放」を弱者の目線で訴える。

題字・題詞・画＝星野富弘

四六上製　二五六頁　**二四〇〇円**

（二〇〇一年七月刊）

在庫僅少◇978-4-89434-243-9

賀茂川の辺から世界へ

賀茂川日記

岡部伊都子

「人間は、誰しも自分に感動を与えられる瞬間を求めて、いのちを味わわせてもらっているような気がいたします」（岡部伊都子）。京都・賀茂川の辺から、筑豊炭坑の強制労働、婚約者の戦死した沖縄……を想い綴られた連載「賀茂川日記」の他、「こころに響く」十二の文章への思いを綴る連載を収録。

Ａ５変上製　二三二頁　**二〇〇〇円**

（二〇〇二年一月刊）◇978-4-89434-268-2

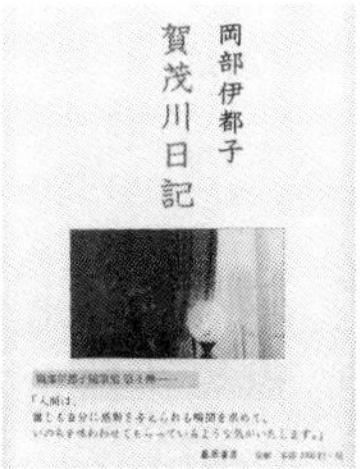

母なる朝鮮

朝鮮母像

岡部伊都子

日本人の侵略と差別を深く悲しみ、日本の美術・文芸に母なる朝鮮を見出す、約半世紀の随筆を集める。

［座談会］井上秀雄・上田正昭・岡部伊都子・林屋辰三郎　**［跋］朴菖熙**

［題字］岡本光平

［カバー画］赤松麟作

［扉画］玄順恵

四六上製　二四〇頁　**二〇〇〇円**

（二〇〇四年五月刊）◇978-4-89434-390-0

本音で語り尽くす

まごころ

〈哲学者と随筆家の対話〉

鶴見俊輔＋岡部伊都子

〝不良少年〟であり続けることで知的錬磨を重ねてきた哲学者・鶴見俊輔。〝学歴でなく病歴〟の中で思考を深めてきた随筆家・岡部伊都子。歴史と学問の本質を見ぬく眼を養うことの重要性、来るべき社会のありようを、本音で語り尽くす。

Ｂ６変上製　一六八頁　**一五〇〇円**

（二〇〇四年一一月刊）◇978-4-89434-427-3

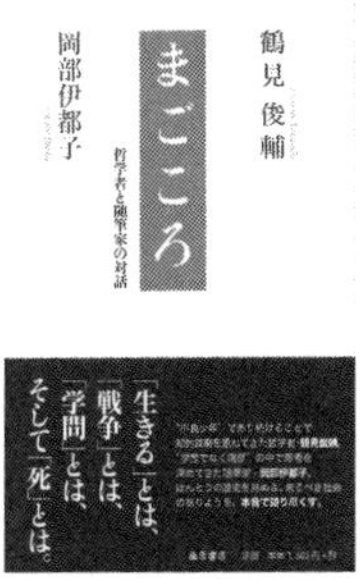

出会いの奇跡がもたらす思想の“誕生”の現場へ

鶴見和子・対話まんだら

自らの存在の根源を見据えることから、社会を、人間を、知を、自然を生涯をかけて問い続けてきた鶴見和子が、自らの生の終着点を目前に、来るべき思想への渾身の一歩を踏み出すために本当に語るべきことを存分に語り合った、珠玉の対話集。

魂 言葉果つるところ　対談者・石牟礼道子

両者ともに近代化論に疑問を抱いてゆく過程から、アニミズム、魂、言葉と歌、そして「言葉なき世界」まで、対話は果てしなく拡がり、二人の小宇宙がからみあいながらとどまるところなく続く。

Ａ５変並製　320 頁　**2200 円**　（2002 年 4 月刊）　◇978-4-89434-276-7

歌 「われ」の発見　対談者・佐佐木幸綱

どうしたら日常のわれをのり超えて、自分の根っこの「われ」に迫れるか？　短歌定型に挑む歌人・佐佐木幸綱と、画一的な近代化論を否定し、地域固有の発展のあり方の追求という視点から内発的発展論を打ち出してきた鶴見和子が、作歌の現場で語り合う。

Ａ５変並製　224 頁　**2200 円**　（2002 年 12 月刊）　◇978-4-89434-316-0

體 患者学のすすめ〔“内発的”リハビリテーション〕　対談者・上田　敏

リハビリテーション界の第一人者・上田敏と、国際的社会学者・鶴見和子が“自律する患者”をめぐってたたかわす徹底討論。「人間らしく生きる権利の回復」を原点に障害と向き合う上田敏の思想と内発的発展論が響きあう。

Ａ５変並製　240 頁　**2200 円**　（2003 年 7 月刊）　**在庫僅少**◇978-4-89434-342-9

「人生の達人」と「障害の鉄人」、初めて出会う

米寿快談

〔俳句・短歌・いのち〕

金子兜太＋鶴見和子

編集協力＝黒田杏子

反骨を貫いてきた戦後俳句界の巨星、金子兜太。脳出血で斃れてのち、短歌で思想を切り拓いてきた鶴見和子。米寿を前に初めて出会った二人が、定型詩の世界に自由闊達に遊び、語らう中で、いつしか生きることの色艶がにじみだす、円熟の対話。

四六上製　二九六頁　**口絵八頁**　**二八〇〇円**

（二〇〇六年五月刊）

◇978-4-89434-514-0

着ることは、“いのち”を纏うことである

いのちを纏う

〔色・織・きものの思想〕

志村ふくみ＋鶴見和子

長年“きもの”三昧を尽してきた社会学者と、植物染料のみを使って“色”の真髄を追究してきた人間国宝の染織家。植物のいのちの顕現としての“色”の思想と、魂の依代としての“きもの”の思想とが火花を散らし、失われつつある日本のきもの文化を、最高の水準で未来に向けて拓く道を照らす。

四六上製　二五六頁　**カラー口絵八頁**　**二八〇〇円**

（二〇〇六年四月刊）

◇978-4-89434-509-6

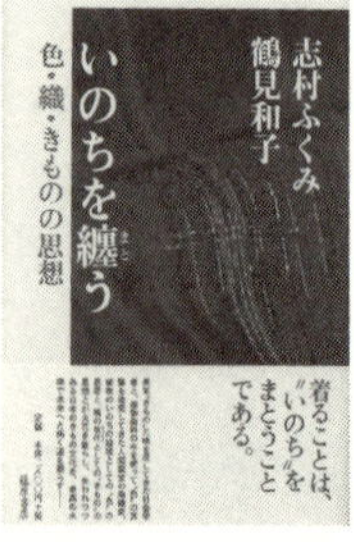

韓国が生んだ大詩人

高銀詩選集
いま、君に詩が来たのか

高銀　金應教編
青柳優子・金應教・佐川亜紀訳

自殺未遂、出家と還俗、虚無、放蕩、耽美。投獄・拷問を受けながら、民主化・統一に生涯をかけ、朝鮮民族の運命を全身に背負うに至った詩人。やがて仏教精神の静寂を、革命を、民衆の暮らしを、民族の歴史を、宇宙を歌い、遂にひとつの詩それ自体となった、その生涯。**［解説］崔元植［跋］辻井喬**

Ａ５上製　二六四頁　**三六〇〇円**
（二〇〇七年三月刊）
◇978-4-89434-563-8

半島と列島をつなぐ「言葉の架け橋」

「アジア」の渚で
〈日韓詩人の対話〉

高銀・吉増剛造
序＝姜尚中

民主化と統一に生涯を懸け、半島の運命を全身に背負う「韓国最高の詩人」、高銀。日本語の臨界で、現代における詩の運命を孤高に背負う「詩人の中の詩人」、吉増剛造。「海の広場」に描かれる「東北アジア」の未来。

四六変上製　二四八頁　**二二〇〇円**
（二〇〇五年五月刊）
◇978-4-89434-452-5

「人々は銘々自分の詩を生きている」

金時鐘詩集選
境界（きょうがい）の詩
〈猪飼野詩集／光州詩片〉

解説対談＝鶴見俊輔＋金時鐘

七三年二月を期して消滅した大阪の在日朝鮮人集落「猪飼野」をめぐる連作詩『猪飼野詩集』、八〇年五月の光州事件を悼む激情の詩集『光州詩片』の二冊を集成。「詩は人間を描きだすもの」（金時鐘）
〈補〉「鏡としての金時鐘」（辻井喬）

Ａ５上製　三九二頁　**四六〇〇円**
（二〇〇五年八月刊）
◇978-4-89434-468-6

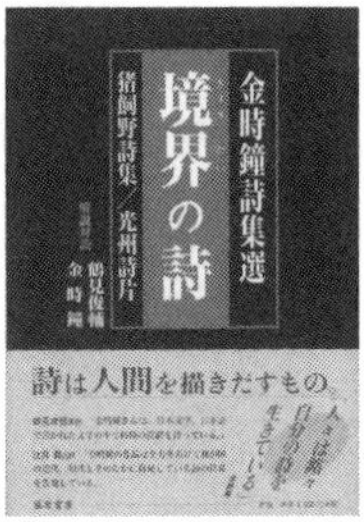

失われゆく「朝鮮」に殉教した詩人

空と風と星の詩人
尹東柱（ユンドンジュ）評伝

宋友恵
愛沢革訳

一九四五年二月一六日、福岡刑務所で（おそらく人体実験によって）二十七歳の若さで獄死した朝鮮人・学徒詩人、尹東柱。日本植民地支配下、失われゆく「朝鮮」に毅然として殉教し、死後、奇跡的に遺された手稿によって、その存在自体が朝鮮民族の「詩」となった詩人の生涯。

四六上製　六〇八頁　**六五〇〇円**
（二〇〇九年二月刊）
◇978-4-89434-671-0